LE JOUR DU ROI

Du même auteur

Mon Maroc
Séguier, 2000

Le Rouge du tarbouche
Séguier, 2004

L'Armée du salut
Seuil, 2006
et « Points » n° P1880

Maroc, 1900-1960
Un certain regard
(avec Frédéric Mitterrand)
Actes Sud/Malika Éditions, 2007

Une mélancolie arabe
Seuil, 2008

Lettres à un jeune Marocain
Seuil, 2009

ABDELLAH TAÏA

LE JOUR DU ROI

roman

ÉDITIONS DU SEUIL
*25, bd Romain-Rolland, Paris XIVe*

ISBN 978-02-2-100253-9

www.editionsduseuil.fr

Pour Tristan Huguen

Je suis devant lui. Je rêve. Mais je ne rêve pas. C'est lui. Vraiment lui. Un homme que je connais bien. Trop bien. Son visage est comme dans les images affichées partout, comme l'image de lui qui passe à la télévision marocaine tous les soirs. Un visage rond. Petit nez. Des yeux forts, durs, ils ne plaisantent jamais. Un visage offert, dominant. Un peu noir. Lointain. Proche. Il a du charme. Détermination. Cruauté. Tendresse. Tout est là. Je le reconnais. Je ne rêve pas. Je n'en reviens toujours pas. Je suis devant lui. Lui ? Sûr ? Oui… Lui. C'est lui. Il est là-bas, au fond, il ne me voit pas. Je vais vers lui. Je n'ai pas d'autre choix. Il m'attire, il me domine. Je suis à lui. Il est le Roi.

Le roi Hassan II.

Il est beau. Je l'aime. Sans douter, je l'aime. On m'a appris à l'aimer. À dire son nom. À le crier.

Il est beau. Il est important. Tellement beau, tellement important.

On est dans un salon. Immense. Un hangar. Un hangar-salon. Jamais je n'aurais pu imaginer l'existence d'un salon aussi grand, sans limites. Je suis impressionné, mais pas intimidé.

Le Roi est devant moi. Le Roi est loin. Je veux le voir de plus près. Je cours vers lui. Je cours, je cours. Sans respirer. Puis je tombe. Des gens rient. Je réalise que je ne suis pas seul avec le Roi. Mon Roi. Autour de lui, un souk. Beaucoup de femmes. Elles sont toutes très élégantes dans des caftans solaires somptueux. Elles sont toutes très belles. Elles viennent de toutes les régions du Maroc. Elles rient de moi. Cela les amuse : moi qui tombe et sur le point de pleurer. Elles rient longtemps sans vraiment me regarder. Sans demander aux serviteurs noirs, qui sont aussi jeunes et beaux qu'elles, d'aller m'aider, me secourir. Elles rient. Avec élégance. Bientôt, toujours au sol, curieusement nu, moi aussi je commence à rire. Et je me relève et je cours de nouveau.

Le Roi est toujours loin. Là-bas.

Le Roi ne rit pas comme à la télévision.

Le Roi est soudain tout proche. Il m'arrête.

Je m'arrête. Je me prosterne.

Il me dit : « Comment je m'appelle ? »

Je réponds, naïf, simplet : « Hassan II… Le roi Hassan II du Maroc. »

Il me dit : « Non. Mon nom de famille ? Quel est mon nom de famille ? »

Je ne le sais pas. Je ne le retrouve pas. L'ai-je su un jour ? Je réfléchis. Je regarde le Roi. Une seconde. Je baisse la tête. Je ne suis pas un rebelle.

Pour moi, un roi n'a pas besoin de nom de famille. C'est pour cela qu'il est roi et qu'il est le plus fort et qu'il commande à des sujets qui sont, eux, obligés de porter des noms de famille pour exister, vivre, obéir.

Je ne le sais pas. Je suis muet devant le Roi. La tête baissée. Je ferme les yeux.

Il répète, sans se fâcher : « Quel est mon nom de famille ? »

Je ne le sais pas. Je suis toujours muet. Où suis-je ? Que faire, maintenant ?

Je lève la tête. Je suis en train de regarder le Roi. Je suis un héros.

Il n'a pas l'air méchant. Il a l'air normal, un être humain, pas un monstre royal. Il est calme. Un peu amusé. De plus en plus amusé. Par moi ? Par la situation ?

Il tend la main vers moi, sans m'atteindre, comme pour me caresser la tête et la nuque. Il les caresse.

Je ferme les yeux. Je les ouvre.

Il s'est rapproché de moi. Ses deux mains sont autour de mon cou, qu'il serre de plus en plus fort.

« Mon nom de famille ? Vite, vite… Mon nom de famille ? Vite, j'ai dit… »

Je creuse dans ma tête un trou. Dans ma mémoire un puits. Je vais au fond, tout au fond.

Le Roi : je suis né avec lui, je ne connais que lui, je ne vois que lui, je ne respecte que lui. Il est partout. Il est le Maître. Il est le Père. Il est Dieu. Comment ne pas connaître son nom de famille ? Comment ignorer cette importante information sur lui ? Comment ? En a-t-il un ?

Je creuse toujours. Je réfléchis. Je réfléchis.

Je ne respire plus. Je ne respire plus.

Je pars. Rouge.

Je ne rêve pas. Je ne rêve plus.

Le Roi me lâche.

Je tombe. Je suis à terre. Seul.

Une femme s'approche de moi. Elle souffle sur mon visage un chant en berbère. Elle me relève. Je me laisse faire. Elle s'arrête de chanter. Elle est douce. Elle me dit, en arabe, dans l'oreille gauche : « Va vers lui, va vers le Roi, c'est comme ton père. C'est ton père. » Et elle me pousse, violemment, dans sa direction. Je ne m'attendais pas à cette violence, à cette trahison.

Je ne suis plus rien.

Je tombe de nouveau.

Je suis par terre, aux pieds du Roi qui me regarde. Ses yeux ont changé. Ils sont dans la nuit.

Le Roi rit. Fort.

Il s'arrête de rire. D'un seul coup.

Les femmes dans le salon rient alors, fort, très fort, méchamment. Elles me disent toutes, d'une seule voix : « C'est ton père, va, va… C'est ton père… C'est ton père… »

J'ai sursauté.

J'étais dans le sommeil.

Je n'y étais plus. J'étais réveillé. Dans le noir. Par terre. Seul dans la chambre pauvre. Au milieu des ronflements de mon père.

J'avais peur. Mon cœur aussi : il allait bientôt s'arrêter de battre.

Je ne me souvenais pas du rêve que je faisais, le rêve noir de cette nuit au début de l'été encore en moi.

Je ne me souvenais de rien.

Où est ma tête ? Où sont mes pieds ? Et ma peau ?

Je les cherche. Les yeux ouverts dans le noir, je les cherche.

Sans comprendre, j'ai dit, j'ai crié : « Non, non, il n'est pas mon père. Le Roi n'est pas mon père. »

Et j'ai pleuré. Chaud. Toujours dans la peur. Sans mon cœur. Puis de nouveau dans le sommeil.

Dans le rêve.

Je suis au pied du trône. Aux pieds de mon commandeur. Mon bonheur n'est plus. Mon amour n'est plus. Je suis un condamné. Un fou du Roi.

Je pleure. Longtemps ?

Je suffoque.

Le Roi fait: « Chuuuut! »

Les autres femmes font: « Chuuuut! »

Je m'arrête. De vivre.

Je me relève, la tête baissée. Je veux parler. Je n'ose pas. Je veux dire une chose que je viens de trouver. Une réponse que je crois intelligente. Je n'ose pas, je n'ose pas...

Un serviteur noir s'approche de moi. Il me dit: « Plus tard ton châtiment sera pire, pire que tout... Tu danseras nu la danse du ventre devant nous tous... »

Devant le Roi?

Je suis un instant heureux: j'ai toujours aimé être nu. Puis c'est la panique tout en moi.

Je crie ma réponse.

« Vous êtes le roi Hassan ben Mohammed. »

Je suis soulagé. J'ai trouvé. Le Roi sourit. Je vois ses dents, blanches, trop blanches. Elles brillent.

Il lève la main droite, fait un petit signe à un serviteur blanc. Celui-ci vient aussitôt vers moi et me donne une gifle. Une gifle monumentale, sur la joue droite. Je tombe. Il me relève. Il me donne une autre gifle sur la joue gauche. Je tombe. Il me relève et dit au Roi: « Mission accomplie, Majesté. » Et il s'éloigne.

Il n'est plus un serviteur blanc. Il est devenu un serviteur noir.

J'ai mal. Très mal. Je vais vomir. Des larmes en rivières coulent de mes yeux.

Le Roi a l'air d'avoir pitié de moi. Il me regarde

gentiment, très gentiment. Il me dit d'essuyer mes larmes. Je m'exécute.

Il se lève. Claque des doigts, trois fois. Tout le monde baisse la tête et se cache les yeux avec les mains. Sauf moi. J'imite les autres, je baisse la tête sans fermer les yeux. Le Roi ne dit rien.

Il règne maintenant un silence impressionnant, inédit pour moi.

Le Roi est debout. Trois serviteurs noirs, plus noirs que les autres, sont autour de lui. Ils le déshabillent. Complètement. Rapidement.

Ils lui enlèvent tous ses vêtements. Même le slip.

Le Roi est nu.

Je l'ai vu.

Je baisse encore plus la tête. Et je ferme vraiment les yeux cette fois-ci. Je ne veux pas voir cette chose impossible, inimaginable : Hassan II nu ! Je ne veux pas commettre ce crime. Je veux vivre. Vivre à côté du soleil du jour.

Je reste comme ça un long moment. Toute une nuit peut-être.

Je m'endors.

On me réveille.

Le hangar-salon est vide. Toutes les femmes sont parties. Les volets sont fermés. Il n'y a presque plus de lumière. Il n'y a que Hassan II, les trois serviteurs plus noirs que noirs et moi. Hassan II porte maintenant une magnifique djellaba blanche un peu courte, sur la tête un turban blanc et aux pieds des chaussures noires. Il est plus beau qu'avant, plus grand. Un autre homme. On dirait un saint. Dans le noir, il est la lumière.

Je l'aime. Je retrouve mon amour pour lui.

C'est mon Roi.

J'ai de la chance. Je suis plein de reconnaissance. Je veux le remercier de me recevoir, de m'admettre ainsi dans ses appartements privés, ce monde féerique qui n'existe pas.

Les serviteurs ont compris mon désir d'aller encore plus près du Roi. Le toucher. L'embrasser. Avoir sa *baraka*. Un peu. Rien qu'un peu. Il paraît qu'il descend directement du Prophète Mohammed.

Je ne suis pas loin. Je m'apprête à courir. Les serviteurs m'arrêtent. Je ne renonce pas. Je me rebelle. Je réessaie de courir vers le Roi. On m'arrête de nouveau. Deux serviteurs me tiennent par les bras. Je suis cloué. Bloqué. En prison.

Le Roi vient jusqu'à nous.

On me relâche.

Le Roi tend la main vers moi. Pendant quelques instants sa main reste ainsi, suspendue, en attente. Je sais ce que je dois faire. Mais je ne sais pas comment m'y prendre.

Baiser la main de Hassan II : c'est le rêve de presque tous les Marocains. Je suis devant ce rêve qui se réalise.

Mais comment l'embrasser, la baiser, cette main royale, propre, tellement propre ? Comment ? Qui peut me le dire ?

J'essaie de me souvenir des nombreuses images du Roi vues à la télévision. Aucune d'elles ne me revient avec précision à l'esprit.

Je suis abandonné encore une fois.

La main de Hassan II est toujours en attente. Il faut que je me dépêche. Vite. Vite.

Je baisse la tête. Je fonce.

Je prends la main du Roi dans les miennes. Je suis courbé. Complètement. Parfaitement. Je sens la main de Hassan II. Je la respire. Quelle chance ! Quelle chance !

Je la respire encore plus profondément. Elle est vraiment propre, plus propre que propre. Lavée. Très bien lavée. Avec quel savon ? Lux ? Palmolive ? Dop ? Nivea ? Le Roi utilise-t-il lui aussi ces savons populaires dont je connais bien l'odeur ?

Mon nez est encore dans sa main. Je respire encore et encore. Je renifle. J'entre dans la peau de cette main historique. C'est sûr, elle sent le propre. Le propre propre. Mais aucune odeur ne se dégage d'elle. Absolument aucune. Si ce n'est celle du propre.

Je suis étonné.

Quoi, le Roi ne sent rien d'autre que le propre ? C'est étrange. Vraiment. Il ne se parfume pas ? Cela me semble impossible. Il faut continuer à renifler. Profiter de ce moment unique pour découvrir le parfum secret, l'odeur secrète du Roi et de ses mains.

Rempli de courage, je relève la tête pour embrasser l'épaule du Roi. C'est ce que je vais faire. Oui, oui, je vais le faire, je vais le faire. Mais, d'abord, il faut en finir avec cette main propre. La baiser. La baiser bien comme il faut. Selon le protocole que tous les Marocains connaissent par cœur. Sauf moi.

Que faire ? Mon Dieu, que faire ? Il faut que j'improvise. Il le faut, il le faut... Je n'ai pas d'autre choix.

Je baise la main de Hassan II. D'abord le dos de cette main pas très grande, une fois, deux fois, trois fois. Puis je la retourne. La paume de la main du Roi me sidère : ses lignes sont extraordinaires, des lignes comme je n'en ai jamais vu, des lignes longues, infinies. Je veux les lire. Je n'en ai pas le temps. Je mets mes lèvres dans cette paume immense, un monde à elle seule. J'y dépose trois baisers, rapides, sincères, ravis.

Mission accomplie ?

Pas vraiment. Il faut escalader le bras maintenant.

Mais est-ce que j'ai bien baisé la main du Roi ? L'ai-je honorée comme il se doit ? Je n'en sais rien. Je me dis qu'il vaut mieux le savoir maintenant, sinon on ne me laissera pas aller plus haut, vers l'épaule en passant par le bras et le coude du Roi. Découvrir enfin l'odeur royale. La respirer. La mémoriser.

Je dois réfléchir. Vite. Vite.

Je réfléchis. Une seconde. Deux secondes.

Je jette un petit regard à droite. Je suis sauvé ? En effet, je le suis. Un des trois serviteurs noirs me montre qu'il faut que je retourne encore une fois la main et la baise sur le dos, trois fois.

Quel bonheur ! Je suis sauvé ! Je suis sauvé !

J'embrasse une dernière fois la main royale avec davantage de ferveur. Et je commence à remonter vers le bras.

Je jette un regard vers le serviteur qui vient de me sauver. Il a l'air catastrophé, il agite très nerveusement la tête… Il proteste. Il va devenir fou. Je continue malgré tout mon chemin, heureux, stressé, obsédé par la question du parfum du Roi.

Je cours sur le bras.

Je regarde de nouveau le serviteur noir qui m'a sauvé. Il vient vers moi. Il est hors de lui. Les deux autres aussi. Ils veulent sans doute m'empêcher de commettre une autre erreur, un autre crime. Ils veulent me jeter en prison.

Je cours plus vite qu'eux.

Je suis arrivé.

À l'épaule de Hassan II.

Je l'embrasse trois fois très rapidement. Et je respire. Ravi, je respire… Je respire…

Malheureusement, les serviteurs sont déjà sur moi. Ils m'attrapent par le bras et m'éloignent violemment du corps du Roi.

Je suis choqué. Frustré. J'attends un miracle. Un autre miracle.

Il arrive plus vite que je ne l'espérais.

Hassan II dit : « Laissez-le, laissez-le terminer... »

Je suis dans le bonheur, encore une fois. Plus que les autres fois.

On me relâche.

Je me jette littéralement sur le bras de Hassan II. Je l'escalade de nouveau. Je rejoins très vite l'épaule. Puis le cou. Et, dans ce creux, ce lieu si éloigné de moi, si inaccessible, sur la peau brune, je découvre enfin le parfum de mon roi.

C'est un parfum au vétiver. Un vétiver reconnaissable mais un vétiver à part, spécial. Sur mesure ?

C'est vert. C'est frais. Une forêt au printemps. C'est le cou du Roi. Je respire. J'inhale. J'enregistre. Et j'embrasse. Pas longtemps.

Le Roi dit : « Que Dieu te bénisse ! »

J'ai réussi. Je veux chanter. Je veux danser. Je crie. Je saute. Je vole.

Je ferme les yeux.

Je les ouvre.

Le salon est de nouveau plein de femmes. D'autres femmes. Pas celles d'avant. Elles sont plus vieilles. Ce sont peut-être les femmes de Mohammed V, le père de Hassan II.

Le Roi dit : « Je suis content... Deuxième et dernière question. Ta dernière chance. »

Je ne comprends pas.

Il ne fait plus nuit. On est en été. L'après-midi. Le soleil. Le désert. L'Arabie comme dans les films. Comme dans le Coran.

Je ne comprends pas.

Le Roi dit : « En quelle année ai-je accédé au trône ? »

Facile. Trop facile.

Je fixe le soleil. Je suis ébloui. Je le regarde longtemps.

Je réponds, sûr de moi, fier de moi, ma vie a un sens, je suis béni : « Le 3 mars 1956, mon Roi. »

Hassan II éclate de rire. Pas les vieilles femmes, ni les serviteurs. Il rit la bouche grande ouverte, de tout son cœur. Il rit longtemps. Longtemps. Son rire finit par devenir contagieux. Je suis le premier à l'attraper, ce rire, cette fin, ce recommencement, cet exil.

Je ris. Moi aussi. Maintenant.

Je réalise soudain mon erreur.

1956 : c'est l'année de l'indépendance du Maroc. Hassan II est devenu roi cinq ans plus tard. Le 3 mars 1961.

Quelle erreur ! Quel malheur !

Mais je continue de rire, malgré moi. Je ne contrôle plus mes muscles. Je ne sais plus parler. Je ne sais plus respirer. Je ne sais rien faire d'autre que cela : rire. Rire de moi.

Nous sommes deux à rire à présent. Le Roi et moi.

Soudain, je le savais, je m'y attendais, le sol s'ouvre sous mes pieds. Le Roi rit plus fort. La salle, toute la salle, l'imite alors.

Je tombe... Je tombe... Je tombe dans l'abîme. Je quitte la terre. Je rejoins les ténèbres. Avant le monde. Le noir pour toujours. Je suis aveugle.

Une voix m'accompagne dans cette chute interminable, cette mort seul. Vers l'enfer éternel.

« Bye-bye... Tu n'es plus marocain... Tu n'es plus marocain... Bye-bye... Tu n'as plus de père... Bye-bye... Tu n'as plus de père... Bye-bye... Tu n'as plus de Roi... »

Je suis toujours dans la chute. J'ai peur. Très peur.

Je continue pourtant de rire. Comme Hassan II. Exactement comme Hassan II.

Je me suis réveillé en sursaut. J'ai quitté mon lit. Mon cœur battait en dehors de moi. Mes yeux étaient encore là-bas. Je respirais dans la peur. L'incompréhension. J'entendais encore la voix de Hassan II. Son rire énorme.

Je suis effaré. Je ne reconnais rien.

Où suis-je ?

Qui suis-je, si je ne suis plus marocain ?

Où est mon père ?

C'était il y a deux jours, je crois. Deux jours ? Je n'en suis plus sûr tout à coup.

On est vendredi. C'est le matin. Très tôt. Le soleil ne va pas tarder à se lever ici. Mais pour l'instant la nuit domine encore tout autour de moi. Pas à Rabat, j'imagine. Oui, le jour s'est sûrement déjà levé à Rabat. Salé, ma ville, où je vis, où j'aurai vécu, passé ma courte vie, est seule dans la nuit, seule au bout de la nuit. Seule dans cette traversée des heures, dans cette immensité, cet océan, dans ces jours qui se répètent, se répètent… Salé m'a contaminé. Par sa solitude. Sa méchanceté. Sa « mauvaiseté ». Sa sale réputation. Ses drogues. Son kif. Ses oublis. Ses trahisons. J'y suis, dans tout ça. J'y suis. Je vois tout.

Ce n'était pas jeudi. Ce n'était pas mercredi.

C'était dans la nuit du mardi au mercredi. C'est ça ? Sûr ? Je crois… Je crois.

C'est ce que je dirai à la police. À Dieu. Il ne faut pas oublier.

Je commencerai par le cauchemar originel. Le rêve de tout Marocain qui se réalise enfin et qui se brise juste après. Être devant Hassan II. Le roi. Le Roi. Je n'en reviens toujours pas d'avoir eu cette chance et cette malédiction. Ce bonheur et ce grand malheur. La nuit au palais. Celui de Rabat ? Celui de Casablanca ? De Fès ? De Meknès ? De Tétouan ? De Marrakech ? D'Agadir ? Je n'en sais rien, à vrai dire. Ces palais, je ne les connais qu'à travers la télévision marocaine. Ils sont tous pareils. À la fois vrais et faux. Mais peu importe. Ce que je dirai c'est :

Dans la nuit du mardi au mercredi, le palais est venu à moi. Cela a duré toute la nuit. C'était comme dans une pièce de théâtre. Un casting était organisé afin de choisir un bouffon pour le Roi. Un fou du roi. On est venu me chercher. Puis on m'a dit que j'étais trop jeune. Quatorze ans. C'est jeune, quatorze ans ? Pour eux. Pas pour moi. Je suis un homme. Il y a deux mois, je n'en étais pas encore un. Aujourd'hui, j'en suis un. Je le sens. Mais je suis convaincu de ce sentiment : je ne suis plus un enfant, je suis un homme. Plus homme que Khalid en tout cas.

Khalid était mon meilleur ami. Mon ami tout court. L'ami. Je l'aimais. Je le connaissais par cœur. Je le protégeais au collège. Et même après. C'est uniquement à lui que j'ai tout raconté. Mon rêve dans la nuit du mardi au mercredi. Ce rêve-réalité. J'étais fier. J'avais vu Hassan II avant lui. Je lui ai raconté tous les détails. Je sais que tout le monde a peur au Maroc. Je sais qu'il ne faut pas parler du Roi, ni de la famille royale en général, avec les autres. Mais avec Khalid, je n'avais rien à craindre. Il ne répétait pas ce que je lui disais. J'en étais sûr. Nous avions nos secrets communs. Nos secrets éternels. Un pacte. Le sang dans le sang.

J'étais le plus fort. Et il aimait ça, Khalid, ma force, mon côté mauvais garçon. Il aimait que je vienne d'un autre monde. Les pauvres. Ça le changeait, disait-il souvent. Il trouvait ça exotique. Il voulait toujours venir chez moi. Notre maison est petite, simple, trop simple. La villa où il habitait était un palais. Lui disait que non, ce n'était pas un palais. Moi, je m'énervais chaque fois qu'il jouait au modeste pour ne pas me faire sentir notre différence.

Khalid avait écouté mon rêve. Mon cauchemar. Mon entretien d'embauche qui avait mal tourné. Non, je ne serais jamais un bouffon du roi. Pourtant, au fond de moi, j'aurais bien aimé le devenir. Cela aurait tout changé dans ma vie et celle de ma famille. Surtout la vie de mon malheureux père, tellement malheureux depuis deux mois, depuis toujours, qu'il en avait arrêté de fumer.

Non, je n'ai pas de chance, même en rêve.

Je ne verrais pas Hassan II. Je n'entrerais pas à son service. Je ne serais pas un de ses boys. Je ne le ferais pas rire. Je suis nul. Ni noir. Ni nain. Ni beau. Rien de particulier, si ce n'est la pauvreté. Mais, la pauvreté, ce n'est pas un trait de caractère particulier. Je ne suis pas le seul pauvre au Maroc.

C'est pour cela que je me suis toujours accroché à Khalid. De toutes mes dents.

Khalid s'appelle Khalid El-Roule.

Moi, je suis Omar Fakih.

Juin 1987

Mercredi

Mon père est venu me réveiller. Ses yeux étaient rouges. Il n'avait pas dormi, bien sûr. Il avait pleuré toute la nuit, cela se voyait.

Mon père pleure.

Mon père marocain pleure.

Ce n'est pas un bon exemple pour moi, cette conduite. Il ne faut pas que je devienne comme lui. Apparence d'un homme. Déchéance d'un homme.

Il faisait encore nuit. Il a murmuré dans le noir mon prénom. Cela m'a réveillé tout de suite. Je me suis levé et j'ai dit : « Allume, allume, père… Allume, allume entre nous ! » Il a tardé à le faire. Je distinguais à peine sa silhouette, son visage. Il était noir. J'étais noir. Il était nu, sans le masque du père. Il ne voulait pas se montrer ainsi à moi, faible, sans fard. Avait-il tort ?

Je lui ai demandé de nouveau : « Allume, allume, mon cher père. Allume, allume pour nous. »

Il s'est exécuté et m'a tourné le dos aussitôt.

Il était plus que noir. Il pleurait encore. Je le voyais, je l'entendais. Je le recevais. Et je savais pourquoi. Je voulais aller le réconforter, essuyer ses larmes, lui jurer que je le vengerais un jour. Je ne l'ai pas fait. Je n'ai pas osé. Il était mon père après tout. L'homme de la maison. Officiellement. À jamais. Aller lui donner de la tendresse, surtout en ce moment de grande faiblesse pour lui, ce moment de déshonneur, aurait été l'achever. Un homme ne souffre pas. Un homme fait face. Assume. Un arbre au désert, solide, quoi qu'il arrive. C'est ce qu'il m'apprenait chaque soir, avant, il y a quelques semaines encore, quand il rentrait du travail. Je le croyais. Je le crois toujours.

Mon père va mourir.

Je ne peux rien.

Je ne peux plus rien pour lui.

Il sombre. Il se laisse emporter.

Mon père est en train de mourir. Le désert a gagné.

Nous étions déshonorés depuis très longtemps. Notre réputation était mauvaise dans le quartier. Et même au-delà du quartier, de la ville de Salé. À cause de qui ? Ma mère. Ma mère qui n'en a jamais vraiment été une. Ma mère, que les voisines appelaient « la femme méchante », « la salope », « la sorcière », « la pute », « l'étrangère », était partie. Elle était rentrée dans son bled du côté d'Azemmour. Elle nous avait abandonnés. Encore une fois. Pour toujours. Mon père et moi savions qu'elle ne rentrerait pas.

Nous étions seuls désormais. Sans femme.

Que font les hommes sans femme ?

Ma mère n'était pas une femme. Je la haïssais. Le mariage n'était qu'un papier pour elle. Elle ne parlait pas. Quand elle ouvrait la bouche, c'était pour dire encore et encore la même phrase : « Je suis libre. » Et, c'était vrai, elle n'avait jamais renoncé à sa liberté. Au point d'être considérée par presque tout le monde comme une pute.

L'événement majeur de notre existence a dû se passer quand j'avais neuf ou dix ans. Ma mère l'avait préparée soigneusement. Elle était sûre de son coup. La révolution, une fois pour toutes. En un clin d'œil. Elle a détrôné mon père du jour au lendemain. Elle a pris le pouvoir comme ça, facilement. Elle avait pris la parole : c'était elle qui allait désormais diriger nos vies. Mon père, fou amoureux d'elle depuis toujours, n'a pas résisté. Il l'a regardée pendant quelques secondes, incrédule, et il a baissé les yeux, et la tête. Mon petit frère Othman était trop jeune pour se rendre compte de ce qui se passait. Moi ? J'étais son complice malgré moi. Elle m'avait acheté depuis plusieurs années déjà.

Je la hais, ma mère. Je ne veux pas qu'elle revienne. Je ne veux plus retrouver ma honte à côté d'elle. Libre, voilà ce que je désire être. Libre sans elle. Libre et du côté de mon père enfin.

Avant, dans ma petite enfance, mon père était comme un sauvage. Ma mère l'appelait comme ça d'ailleurs. Il gueulait. Il avait la santé éclatante, la sexualité débordante, l'appétit énorme pour la nourriture. Il mangeait pour dix. Il buvait pour vingt. Quand il était à la maison, sa présence était la vie même. La source de la vie. Il portait la barbe, celle que portent d'habitude les prophètes. Cela lui allait bien. Il sentait fort mais cela ne nous gênait pas du tout. Il faisait le macho et nous savions tous que, au fond, il ne l'était pas.

Mon père était l'âme de la famille. Le moteur de la famille. Le sang.

Je n'étais rien à côté de lui. Je n'ai reçu de lui qu'un peu de sa force. Une force sans puissance et que mon ami Khalid aimait tant retrouver en moi.

Mon père était un grand type. Il venait de la région de Doukkala. Son paradis perdu, disait-il assez souvent.

Mon père n'est plus mon père.

Un matin d'hiver sans pluie, il n'était plus le même homme. Il était devenu le contraire de celui qu'il avait toujours été. Il n'était pas vieux pourtant. Il avait à peine quarante-huit ans. Tout en lui avait changé. Il était désormais sans force, la tête baissée, les épaules fatiguées. Même sa respiration avait changé : elle était inaudible. Il tremblait parfois. De peur ? De froid ? Il tremblait surtout devant ma mère. C'était elle qui criait maintenant à sa place. Gérait tout. Prenait toutes les décisions sans même le consulter. Les voisines disaient qu'elle était devenue un homme. Elles avaient raison.

Ma mère faisait sa révolution. Elle se libérait. Retrouvait sa jeunesse. Et pour cela, elle avait besoin de détruire notre monde, le centre de notre monde : mon père.

Ma mère se révélait cruelle. Sans cœur. J'essayais parfois de lui trouver des excuses. En vain. Je ne la comprenais pas. Peut-être que je n'ai jamais cherché à la comprendre.

Je ne veux pas comprendre ma mère. Elle est partie. Il faut maintenant la tuer. Mon père ne peut pas le faire. Mon petit frère ne peut pas le faire. Moi, je peux. Et je vais le faire.

Que voulait-elle au juste ? Que signifiait cette révolution qu'elle menait inlassablement contre nous ? J'avais neuf ou dix ans quand ma mère a commencé sa guerre, je ne pouvais pas tout comprendre. Et puis, elle était ma mère. Dans ma haine pour elle, il y avait de l'amour. Quatre ans plus tard, je ne comprenais toujours rien à cette femme. Mais je voyais ses actes. J'assistais à ses trahisons. Je l'aidais, même. Je voyais les hommes qui passaient à la maison en plein jour quand mon père était au travail. Ils venaient de loin pour elle. Je les entendais faire du sexe. Elle n'avait pas honte. Elle m'avait depuis longtemps bien domestiqué.

Je ne la jugeais pas. Aujourd'hui, il faut enfin le faire. Elle ne reviendra pas. Je ferai tout pour qu'elle reste là-bas, dans ce bled qu'elle chérissait tant.

Aujourd'hui, c'est moi l'homme. Un homme pour mon père. Beau et fort pour mon père.

Ma mère était belle. Sa beauté était sans doute sa liberté. Les voisines la jalousaient. La maudissaient. Elles avaient raison.

Ma mère était belle mais je ne le voyais pas. Ma mère était jeune. Elle était ma grande sœur. C'est le rapport qu'elle a imposé entre nous.

M'aimait-elle ? Aimait-elle mon père ?

Pourquoi avait-elle jeté mon père dans ce grand malheur ? Que s'était-il passé entre eux ? La fin de l'amour ? La fin de l'esclavage pour elle ?

Je ne le saurai jamais. J'irai ainsi sans rien comprendre, jusqu'à la mort, avec cette haine pour cette femme mystère, noire. Complètement noire.

On disait dans le quartier qu'elle avait jeté un sort puissant à mon père. Un sort préparé par le sorcier juif Bensimon du Mellah de Rabat. Le sorcier le plus puissant de la ville. Du Maroc peut-être.

Pourquoi ? Mais pourquoi ? Est-ce ainsi que les femmes obtiennent leur liberté chez nous ? En rendant les hommes fous, malades ? En les tuant petit à petit ?

Je n'ai que quatorze ans. Comment savoir ? Comment comprendre ? À qui poser des questions ?

Ma mère était partie. Loin, du côté de cette ville qu'on dit magnifique, Azemmour.

Ma mère avait éteint la lumière dans notre petite maison de Bettana.

Elle est partie avec mon petit frère Othman. Elle disait

qu'elle allait rendre visite à sa mère malade. Deux mois après, elle n'était toujours pas rentrée.

Depuis, mon père n'a pas cessé de pleurer.

Moi, je ne pleurais pas. Je ne pouvais pas pleurer.

On vivait à deux.

Incapable de réellement haïr ma mère, je la maudissais moi aussi du matin au soir. Des fois, je l'implorais, je lui baisais les pieds. Je reconnaissais son pouvoir. Je la suppliais de revenir sauver mon père, lui rendre son âme, sa vitalité. Sa dignité. Son machisme de façade.

Je l'implorais en silence. Sans réponse. Sans écho.

Ce matin, il est venu à moi.

Ce matin, mon père a pris une décision. Quelqu'un l'avait convaincu que ma mère lui avait jeté un sort, un mauvais sort, un sort de juifs, un sort du diable. Il était plus qu'urgent qu'il aille s'en débarrasser, se faire désenvoûter. Et qui était capable d'annuler un sort préparé par le puissant sorcier du Mellah de Rabat ? Mon père s'était renseigné. Il avait trouvé. Son sauveur s'appelait Bouhaydoura. Il venait de sortir de prison il y a seulement deux jours.

Mon père m'a réveillé.

J'étais encore une fois dans mon rêve-cauchemar avec Hassan II.

Je ne voyais que son dos. Je devinais facilement ses larmes.

Et sa voix, comme celle d'un petit garçon, qui me priait : « Tu viens avec moi chez Bouhaydoura, n'est-ce pas ? Tu viendras ? Tu viendras ? »

Il était à peine neuf heures du matin. Chez Bouhaydoura il y avait une foule impressionnante. Que des femmes.

Sur le chemin vers le sorcier, j'ai voulu un moment partager avec mon père mon rêve de la veille. J'ai vite renoncé. Mon père était ailleurs. Il aurait été incapable de m'écouter. Ce rêve était important pour moi. Pour moi et pour mon ami Khalid à qui j'irai sûrement le raconter. Pas pour mon père.

Ce mercredi matin, mon père essayait de sauver sa peau. Son passé. Ses origines. Son sexe.

Ce matin-là, j'étais avec mon père. Je l'accompagnais. Il ne pouvait venir seul. Il était l'enfant. J'étais l'adulte.

Bouhaydoura était le juge. Sa maison, un tribunal. Autour de lui, une atmosphère d'Apocalypse.

La peur, grande en nous depuis le début, était soudain matérialisée, visible. Elle avait une odeur. Un souffle. Des couleurs primaires. Noir. Blanc. Vert. Une image. Une incarnation. Dieu parmi nous, un homme. Bouhaydoura était cet homme. Il était Dieu.

Mercredi matin, c'était comme le jour du Jugement dernier. On avait tous peur. Le Paradis. L'Enfer. Pas de purgatoire. Mais personne ne pleurait. On attendait. Peureux, déterminés, suspendus.

Bouhaydoura était de retour.

Les quatre années qu'il avait passées en prison n'avaient en rien altéré sa réputation. Son pouvoir, sa magie, sa sainteté, ce qu'il avait reçu en héritage venait de loin, très loin. Bouhaydoura était le continuateur de quelque chose inventé à l'aube de l'humanité. Un gourou, un maître, un prophète. La magie originelle. Le bien et le mal avant qu'on ne les sépare, avant qu'on ne les répertorie et qu'on ne les répande ainsi, isolés l'un de l'autre, partout. Bouhaydoura était en mission. Nous ne faisions que l'aider à l'accomplir. Nous étions ses adorateurs.

Il recevait dans sa maison du quartier de Tabriquet. Plus exactement, sur la terrasse. Là, au milieu du linge qui séchait, les femmes fidèles, heureuses et malheureuses, attendaient leur tour. Des vieilles, des jeunes. En blanc. Toutes, ou presque, en blanc. Elles étaient donc en deuil. De qui portaient-elles le deuil ? De combien de morts ? Et qui étaient ces morts pour elles ?

C'était une atmosphère étrange. Lourde. Ces femmes avaient les yeux rouges. En colère. Elles étaient assises par terre. Elles ne parlaient pas.

Une grande émotion nous a saisis, mon père et moi, dès que nous avons mis les pieds sur cette terrasse pas comme les autres. Ces femmes portant la mort dans l'âme étaient plus tristes et plus désespérées que nous. Elles avaient vécu des malheurs plus grands, un abandon définitif depuis toujours. Elles n'avaient plus de place ici, sur cette terre. Il leur fallait maintenant tout refaire, tout reprendre depuis le début. Bouhaydoura allait les aider pour cela. C'était lui leur libérateur. Leur homme. Leur prophète.

Nous sommes restés à l'écart, intimidés, sans oser les regarder. Nous sentions les yeux de ces femmes braqués sur nous, surpris, sans indulgence, remplis de questions.

Le monde avait bien changé. Aujourd'hui, même les hommes allaient chez les sorciers. Même les hommes avaient besoin d'un coup de main magique. C'était la fin de tout. Les hommes ne portaient plus de masques. Ils étaient eux aussi naïfs, faibles, en bas. À terre.

Bouhaydoura était le sauveur. Le messie. Nous étions tous là pour renouveler notre adoration. Accomplir l'acte d'allégeance. Aimer.

Bouhaydoura, criminel aux yeux de la loi pour avoir aidé involontairement une femme à tuer son mari, était notre guide. L'élu. Un saint de son vivant. La lumière dans le noir de mon père.

Bouhaydoura allait m'aider à laver mon père. Le purifier. Essuyer ses larmes interminables. Lui permettre de retrouver son amour. Sa femme, ma mère. Mon petit frère.

Il allait recréer notre monde.

Est-ce vraiment ce que je voulais ? Le retour de ma mère ?

J'étais venu avec mon père chez le sorcier de Tabriquet mais j'avais encore en moi des doutes. De la haine. De la violence.

Nous nous sommes assis dans un coin de la terrasse. Les femmes nous regardaient toujours. Mon père continuait de baisser les yeux. Pas moi. J'ai tourné le dos à ces femmes et j'ai plongé mon regard dans la vue qui s'offrait à moi. Ma ville, Salé, ses quartiers, ses maisons, ses toits qui s'étendent jusqu'au bout de l'horizon, ses minarets, ses mausolées de saints, la vieille ville, la cité des corsaires du XVIIe siècle. Les remparts. Les prisons. Le cimetière immense et ses tombes d'un autre âge. Et la mer, un monstre, un ennemi : l'océan Atlantique.

Dans la chaleur matinale de cet été, j'ai écouté le silence du monde. Et, dans le ciel, j'ai cherché les nuages : il n'y en avait pas. Plus.

J'ai rêvé. J'ai volé. J'ai tout imaginé et vu de ma ville, ce matin-là. Je suis devenu écrivain. Et même un poète.

Au-dessus du monde, j'ai écrit un autre destin, pour moi. Avec mon ami Khalid.

J'ai cherché le quartier riche où il habitait, mon ami

et frère Khalid. Il s'appelait Hay Salam. Et c'était là où se trouvait notre collège.

Il y a deux Hay Salam. Le pauvre, en bas de la colline. Le riche, en haut. Non loin du collège, la maison de Khalid était peut-être la plus haute sur la colline. Ce n'était pas une maison : c'était une villa. Grande. Splendide. Comme toutes les autres dans cette partie de Hay Salam. Dans mon quartier de Bettana, on les appelait les palais. On ne les connaissait que de l'extérieur. Plus jeune, je venais régulièrement avec mes copains de l'époque me promener dans les rues désertes, à la recherche d'un trésor, à la poursuite d'un rêve mal défini. Et, juste avant de revenir à notre territoire, nous escaladions les murs d'une villa pour voler des fruits. J'aimais particulièrement les figues volées dans une villa habitée par un ministre à la retraite. Il y habitait seul. Il était aveugle.

Dans ce monde propre, je connaissais maintenant une villa. Celle de Khalid. Elle avait un nom. Villa du Nord. Le nord de quoi ?

Khalid y était en ce moment. Il devait encore dormir. Sa chambre, c'était de temps en temps ma chambre. C'est lui qui le disait, pour me faire plaisir.

J'ai cherché dans Salé la villa de Khalid. J'ai cherché sa chambre. Son souffle. Son corps. La direction de ses rêves. Je les ai trouvés. Je les ai suivis.

Je suis entré dans la villa de Khalid. Au rez-de-chaussée il y avait des odeurs délicieuses que je reconnaissais facilement: café noir, thé à la menthe trop sucré, confiture, miel, croissants, petits pains au chocolat, crêpes. Je suis monté au premier étage. Sans frapper je suis entré dans la chambre de Khalid. La petite lampe de son bureau était comme toujours allumée. Khalid dormait profondément. Sur le ventre. Son lit était petit. Pas trop petit. Un lit vert. Pendant que j'enlevais mes chaussures, de son sommeil Khalid a parlé: « Oui, oui, c'est moi... Non, non, ce n'est pas moi... Je le jure... Oui, oui... » J'ai éteint la lampe et je l'ai rejoint dans le petit lit vert. Cela ne l'a pas réveillé. Il avait l'habitude. De moi. De mon corps. De nous. Deux. Un.

J'ai fermé les yeux. J'ai rêvé. J'étais chez Khalid. Je dormais avec mes vêtements de jour dans son lit. Seul dans son lit. Puis avec lui. Mais, du plus loin de mon sommeil, c'est moi qui parlais cette fois-ci. « Non, non, ce n'est pas moi... Oui, oui, c'est moi... Moi... Sûr... Sûr... »

Une femme m'a soudain attrapé par la main gauche. J'ai abandonné Salé. Je me suis tourné vers elle. J'ai cru, l'espace d'une seconde, que c'était ma mère. Mais ce n'était pas elle, bien sûr. Celle qui avait mis sa main dans ma main était plus jeune. Une jeune fille à la fin de l'adolescence. Et déjà veuve. Déjà dans la mort. Sa main dans la mort touchait ma main. Cette pensée m'a fait peur. Je l'ai retirée alors, brutalement. J'en avais le souffle coupé, comme si j'avais fait une course à pied de dix kilomètres. La jeune femme a compris. Elle s'est penchée vers moi et elle a dit, doucement : « Ne t'inquiète pas, ne t'inquiète pas… On veut juste vous proposer, à ton père et toi, quelque chose. Mais je n'ose pas parler à ton père. Il a l'air absent… Viens, toi, viens… »

Je l'ai regardée droit dans les yeux pour lui faire comprendre que je ne la suivrais pas.

Ma mère, avant de partir, m'avait mis en garde contre les femmes étrangères : « Elles pourraient t'utiliser pour jeter des sorts à d'autres femmes. Éloigne-toi, toujours, toujours, des femmes étrangères. » Je ne comprenais pas comment cela aurait été possible, comment ma simple présence pourrait aider une femme dans sa guerre de sorcellerie contre une autre personne. J'étais intrigué, prêt à suivre l'inconnue pour éclaircir ce mystère. La voix de ma mère est revenue pour m'en empêcher.

Quelque chose dans mes yeux a dû me trahir. La jeune femme a mis sa main sur mon bras et m'a tiré vers la cage d'escalier. Et là, furieuse, elle s'est lancée dans un long discours. Elle avait lu dans mes pensées toutes mes craintes.

« Je ne suis pas une sorcière méchante. Tu comprends ? Ne me regarde pas comme ça, comme si j'étais une criminelle, une folle. Je suis venue chez Bouhaydoura pour réparer une injustice. Avoir enfin la justice de Dieu de mon côté. Je ne ferai pas de mal. À personne. Et surtout pas à toi... Toi, tu es comme le fils que je n'aurai jamais... Tu es encore pur... Mais tu as aussi l'air malin. Alors, écoute ce que j'ai à te dire... Les autres femmes et moi, on en aura pour longtemps avec Bouhaydoura. Cela risque de prendre toute la journée avant que votre tour n'arrive. Nous serons toutes, absolument toutes, devant lui. En face et autour de lui. Notre affaire est la même. Mais il doit nous écouter toutes, l'une après l'autre. Nous avons toutes subi le même mal. La même douleur. Seul Bouhaydoura pourra nous aider, nous éclairer. Nous guérir. Nous soulager. Nous venger... Toi et ton père, vous passerez les premiers. Avant nous. Tu as compris ? Ne me regarde pas comme ça ! Tu as compris ? Je ne suis pas un ange. Je ne le suis plus. Mais tu n'as rien à craindre de moi. Tu ne m'as rien fait, toi... Tu as compris ? Parle... Tu es muet ? Tu as soif ? »

J'ai fait un signe de la tête pour signifier que j'avais bien compris.

« Va le dire à ton père maintenant... Va... Le cheikh Bouhaydoura ne va pas tarder à arriver... C'est son grand retour, aujourd'hui... Il nous a tellement manqué, à nous, ses fidèles. On allait régulièrement lui rendre visite en prison, mais on refusait à chaque fois de nous l'amener. Nous n'étions pas de sa famille, paraît-il. Les autres ne comprennent rien à rien. Sans Bouhaydoura, notre vie était arrêtée. Aujourd'hui, c'est un grand jour. Il sera de nouveau parmi nous. À nous. Ses femmes... Va, va... Va répéter à ton père ce que je t'ai dit... Ne crains rien... Je suis de ton côté. Vraiment... Va... »

Je n'ai pas bougé. J'étais terrorisé. Elle était tout près de moi. Elle n'était plus la même jeune femme qui m'avait abordé. Plus elle parlait, plus elle devenait une autre. Avec une autre voix. Un autre âge. Elle était collée à moi. Je sentais son odeur. Je reconnaissais cette odeur. Il fallait fuir.

C'était l'odeur de la mort.

Bouhaydoura n'était pas très âgé. Il ne portait pas de barbe. Il n'était en rien le vieux monsieur que j'avais imaginé. Le mythe construit autour de lui à Salé n'était pas exact. Et c'était une surprise.

La quarantaine. Grand, mince, long nez. Peau très blanche. Des yeux noirs. Les cheveux coupés court. Élégant dans sa djellaba d'été bleu clair. Bouhaydoura avait tout l'air d'un homme moderne, de son époque. Respectable, intelligent, spirituel. Un homme réel. Pas un sorcier du Moyen Âge.

Il inspirait immédiatement confiance.

La pièce où il nous recevait était vide. Sombre. Il n'y avait qu'un grand et très vieux tapis, rouge et pas cher, par terre. Derrière Bouhaydoura, unique source de lumière, trois petites bougies vertes aux flammes timides.

Il n'avait pas de chapelets dans ses mains. Ni d'encensoirs devant lui. À première vue, il n'avait rien pour exercer son métier. Son corps était son instrument. Son pouvoir et ses contacts avec les djinns, sa richesse, sa réputation. Mais cela était-il suffisant ?

Bouhaydoura était un homme étonnant. Au-delà du mythe. Il semblait débarrassé de tout ce qui pouvait le gêner dans son travail. Il était dans l'essentiel. Il était là. En attente. Humble.

Quand mon père et moi sommes entrés dans la pièce, je ne voyais de lui que les grandes lignes simplifiées de son corps blanc et bleu dans le noir.

De près, son visage se révélait autre. Celui d'un fou ? D'un errant ? D'un torturé ? Un possédé ? Un poète ? Un dissident politique ? Un roi ?

Un visage marqué. Usé.

Un visage qui a reçu des coups.

Un visage qui continue de croire. Qui s'apprête à sourire, malgré la douleur.

Un visage qui revient.

On l'attendait. On ne l'avait pas oublié. Il le savait.

De près, il n'était pas seulement mince, il était très maigre. Les quatre années passées en prison avaient laissé des traces.

Bouhaydoura n'était que peau et os. Mais beau. Beau et blanc comme un saint.

De près, on découvrait enfin son secret. Sa *haydoura*.

Son petit tapis fait à partir de la peau de mouton. On la disait blanche. Elle était en réalité noire. Vieille. Un tapis personnel, individuel, qui venait de loin, d'un autre temps, des autres siècles. D'un autre monde ? Une haydoura magique qui donnait à notre sorcier à la fois son pouvoir, sa place au monde et son nom. Son surnom : Bou Haydoura.

Assis sur son tapis, baissant et relevant la tête lentement, Bouhaydoura était en communion.

Fascinés, intimidés, mon père et moi l'avons observé un long moment. Il ne fallait surtout pas l'interrompre, le bousculer, le ramener à nous. Nous avons attendu. En silence. En prière.

Mon père avait fermé les yeux. Ses lèvres bougeaient. Il se parlait. Il préparait ce qu'il allait dire à Bouhaydoura.

Plus tard, assis devant lui, mon père s'est précipité sur ses mains et les a embrassées avec une ferveur sincère. Ce n'était pas de la soumission. C'était un signe de confiance. De reconnaissance. De fraternité. Mon père baissait les armes. Non, non, il n'allait pas pleurer. Face à cet homme magique, il admettait sa défaite, sollicitait de l'aide. L'aide d'un autre homme, comme lui, pas comme lui. Devant Bouhaydoura, mon père pouvait se montrer à nu. Il savait qu'il ne serait pas jugé, méprisé, humilié. Un homme, c'était aussi cela. Momentanément.

Bouhaydoura, sans doute habitué à ce genre de marque d'affection, s'est laissé faire. Il a donné ses mains à mon père. Qui les a gardées aussi longtemps que possible.

Moi, je ne disais rien. Je ne faisais rien. Presque collé à mon père, je regardais ce qui se passait devant moi, en essayant de comprendre. Bien sûr, je n'ai pas tout saisi. Le monde, tel qu'on me l'avait appris, se révélait autre. Deux hommes, deux pères, ensemble, s'autorisaient devant mes yeux, devant moi, témoin candide, des gestes impossibles, inimaginables ailleurs.

Chez Bouhaydoura, on réinventait le monde, ses codes, ses structures. Ses armes. On repartait de zéro.

Je ne disais rien. Je ne croyais pas aux mêmes choses que mon père. Mais ce qui se passait devant moi était suffisamment inhabituel, fort, pour me bouleverser, me marquer. Et un jour, à mon tour, me faire pleurer.

« Où est-elle maintenant ? a demandé Bouhaydoura.

— Dans son bled, à côté d'Azemmour.

— Depuis quand ?

— Depuis hier.

— Seulement depuis hier ?

— Non, pardon. Qu'est-ce que je dis ? Qu'est-ce que j'ai dit ? Hier ? Non... Elle est partie il y a... deux... trois mois. C'est ça, trois mois.

— Ce n'est pas beaucoup, trois mois.

— Ce n'est pas la première fois, Sidi. Elle a pris la

fuite. Je sens que cette fois-ci, c'est pour de bon. Je le sais. Elle ne reviendra pas. Je ne peux rien, rien faire sans elle. Je ne suis plus un homme sans elle. Aidez-moi. Je suis prêt à tout.

— Vous avez apporté une trace d'elle, un de ses vêtements intimes ?

— Cela a été très difficile d'en trouver un, Sidi. Elle est maligne. Elle a pris toutes ses affaires avec elle. Le slip que j'ai fini par trouver la nuit dernière est propre, malheureusement. Je suis désolé. Je suis désolé. C'est possible pour vous de faire un travail, même quand le vêtement intime est propre ? C'est possible ?

— Tout est possible. Il suffit de le décider.

— Elle m'a quitté. Elle m'a jeté. Elle est revenue à ses premières amours. La prostitution. J'en perds la tête. Je n'ai déjà plus de tête. Elle doit être tellement heureuse maintenant, avec ses sœurs, ses cousines, sa mère, sa grand-mère. Il n'y a que des femmes dans sa famille. Elles sont... Elles sont toutes... Pardon de le dire devant vous, Sidi... Toutes des putes. Sales... Sales... Des maquerelles. Elles sont tout ce que je déteste. Maintenant... Pourtant, quand je l'ai rencontrée, non loin du mausolée du saint Moulay Bouchaib, c'est cela que j'ai aimé particulièrement chez elle. Que j'aime toujours en elle. Une pute. Pardon, Sidi, pardon. Une pute. Avant, pour les autres, tous les autres. Puis, grâce à un papier écrit par un *fquih* de son bled, pour moi. Ma femme est une pute. Pardon, Sidi, pardon. Une ancienne pute. Je l'ai éloignée de son milieu, je l'ai ramenée ici à Salé où elle ne connaissait personne. Je l'ai bien tenue, ma femme. Presque enfermée. J'avais peur, Sidi, que les autres ne me la volent. Je l'ai peut-être maltraitée, des fois. Je l'ai frappée aussi, certaines nuits d'ivresse. Je l'ai insultée aussi parfois. Lui ai rappelé son passé de prostituée. Mais ce n'était jamais méchant. Elle était à moi, après tout. Elle était ma pute. Je l'aimais pour cela, aussi. À vous, Sidi, je dois dire la vérité. J'étais fier d'avoir une femme comme elle. De l'avoir dressée, bien dressée... C'est ce que je croyais...

— Que veux-tu de moi, alors ?

— La retrouver... Qu'elle revienne... Qu'elle revienne comme elle est, comme avant... J'accepterai tout cette fois-ci, mais qu'elle revienne. Je ne suis rien sans elle. Je ne sais rien sans elle. Je ne la comprends pas. Je ne la comprends pas. Je la veux comme elle est. C'est possible, Sidi ? Vous êtes puissant, tout le monde le dit. On attendait votre retour avec impatience. Aidez-moi ! Aidez-moi !

— Vous aider ! D'accord. D'accord. À faire quoi exactement ?

— La ramener.

— La ramener est facile. C'est la garder auprès de vous qui sera le plus difficile.

— Que faire, alors ? Je suis prêt à tout. Je suis prêt à tout. Je la veux, je la veux... Le monde n'est pas fait pour l'homme seul. Un homme comme moi sans une femme! Je ne peux pas vivre ainsi, dans cette douleur permanente, dans ce manque d'elle... Un homme n'est rien, un homme est vide, nu, risible, sans une femme. C'est la honte ce que je dis, n'est-ce pas? Mais je m'en fous. Pour la première fois de ma vie, je m'en fous des autres... Je m'en fous de ma famille, de mes frères, de mes oncles, de mes amis... Qu'ils disent derrière mon dos ce qu'ils veulent. Personne ne compte pour moi autant qu'elle. Je le savais. Je le sais chaque jour davantage. Elle est tout. Tout. Absolument tout. C'est pour cela que je voulais la garder uniquement pour moi. Qu'on ne la voie pas. Qu'elle reste à la maison toujours, toujours pour moi. Qu'elle ne sorte pas. Elle est à moi. Elle est moi. J'aime qu'elle ne soit qu'à moi, qu'à moi...

— J'ai compris. J'ai compris...

— Un homme, c'est ça, non? Non?

— Un homme?

— Oui, dites-moi... Dites-le-moi... De vous, Sidi, j'accepterai tout, vous êtes la vérité que je...

— Vous avez tort. Vous avez vu mes fidèles?

— Oui.

— Que des femmes.

— Oui, Sidi.

— À vous de comprendre.

— Je ne comprends pas.

— Un jour, vous comprendrez.

— Un jour ? Mais il sera peut-être déjà trop tard.. Je veux la vérité, aujourd'hui.

— La vérité, ce n'est pas mon travail.

— Pardon, Sidi, pardon... Je vous embête avec mes malheurs... Pardon... Tout ce que je veux, c'est qu'elle revienne à la maison. Je lui parlerai, cette fois-ci... Je lui parlerai... Je le jure... Je lui parlerai...

— Ne faites pas de promesses à moi... Donnez-moi le slip de votre femme... On va commencer le travail...

— Il n'est pas sale. Je suis vraiment désolé.

— Ne vous inquiétez pas. Je sais ce que je fais.

— Ne lui faites pas trop de mal, Sidi.

— Mal ?

— Juste un peu... Qu'elle comprenne... Qu'elle revienne... Qu'elle redevienne sage, docile... Une femme comme les autres. Enfin, pas comme les autres. Je la veux comme elle est, mais à moi, à moi...

— Chut ! Silence !

— Chut ! D'accord, Sidi, d'accord. Je me tais. Je ne suis même plus là. Je n'existe pas.

— Chut ! Je travaille.

— Chut alors... Sidi...

— Elle s'appelle comment ?

— Zhor.

— Et sa mère ?

— Fatima...

— Zhor Bent Fatima. »

Je n'avais jamais vu auparavant mon père comme ça. À terre. Renversé. Un enfant. Un bébé sans sa maman. Sans cri.

J'ai assisté à cet échange entre lui et Bouhaydoura, concentré et absent. Présent et oublié. Subjugué par l'un. Incrédule devant l'autre. J'écoutais et je n'écoutais pas. Je savais tous ces mots qui sortaient en tremblant de la bouche de mon père. Je savais leur réalité. Leur obsession. Ma mère. Des mots parfois sales mais qui, bizarrement, au lieu de la détruire, l'agrandissaient, épaississaient son mystère.

Dans un autre monde, en noir et blanc, plus noir que blanc, au sommet d'une maison de trois étages à Tabriquet, presque au ciel, je me rendais compte de nouveau que je n'aimais pas ma mère. Que je ne la connaissais pas. Que je ne l'avais jamais connue. Je l'avais côtoyée sans la voir. Elle m'avait élevé sans me regarder.

D'où venait-elle ? Azemmour ? C'est quoi, Azemmour ? C'est où, Azemmour ? Qu'est-ce qu'il y a à Azemmour ? Et comment sont les femmes d'Azemmour ? Comment sont les femmes à Azemmour ? Le nom est beau. Il est peut-être berbère. Il a quelque chose de libre, de poétique.

Azemmour. Ce nom était une musique qui faisait partie de moi. Ma mère avait fui avec mon petit frère sans me l'apprendre. Sans m'aider à la repérer en moi et à la déchiffrer petit à petit. Toute une vie en moi que j'ignore. Tout un passé qui coule dans mes veines sans que je m'en rende compte.

Azemmour était ma mère.

Je connaîtrai un jour Azemmour.

Ma mère ? Jamais. C'est déjà trop tard. Pour moi. Pour mon père. Pour elle.

Ma mère était une pute. Elle était née, d'après ce que racontait mon père à Bouhaydoura, pute. Une pute royale. Une pute qui symbolisait la femme de ce pays, le Maroc. Un sexe-symbole. Elle avait, mon père n'avait pas cessé de le répéter, ce par quoi il était irrésistiblement attiré. Ce qui le rendait jaloux, possessif, fou. Elle avait en elle cette part de lui qu'il ne comprenait pas et qu'il ne comprendrait jamais. Elle avait le sexe sur sa figure, à en croire mon malheureux père. Elle avait le pouvoir. Et c'est pourquoi il l'avait emprisonnée les premières années de leur mariage. Il l'acceptait, ce pouvoir. Il le désirait chez elle, mais seulement à l'intérieur de la maison, dans la chambre à coucher, dans le lit. Corps à corps. Nu. Nue.

Face à Bouhaydoura, je l'ai saisie enfin, la vérité opaque. Celle de ma mère. Une femme. La femme. Des interrogations à jamais sans réponses. Celle de mon père. Un homme comme tous les hommes. À poil. Sans moustache. Sur le chemin de la folie.

Face à Bouhaydoura, mes intuitions enfantines se

confirmaient. Nous étions à la fin. Dans la fin du monde tel que je l'avais connu. La fin de ma famille.

Le rêve-cauchemar que j'avais fait la veille autour de Hassan II était un signe. Le signe du commencement de cette fin. De cette destruction.

Où marcher, maintenant ?

Les femmes en blanc sur la terrasse étaient à présent silencieuses. Certaines d'entre elles s'étaient endormies. D'autres priaient. Et quelques-unes pleuraient. Toutes avaient des visages qui exprimaient de la colère et de la haine. L'heure de la vengeance avait sonné. Elles allaient être intraitables. Impitoyables. Rien ne pouvait les arrêter.

Bouhaydoura, au moment de passer aux choses sérieuses, m'avait renvoyé parmi elles.

« Tu dois sortir maintenant, mon fils... Il faut que je m'occupe de ton père. Tu es trop jeune pour assister à mon travail. Ce n'est pas pour toi. Va, va sur la terrasse. Mais ne parle pas avec les femmes. Je veux qu'elles gardent pour elles ce qu'elles ont à me dire. Tu as compris ? Ne leur parle pas. Ne les fais pas parler. Et ne réponds pas à leurs questions... Tu as compris ? Quand j'aurai fini de soigner ton père, je te recevrai seul un petit moment... Va, va, et reste muet... »

Je n'ai eu aucun mal à suivre l'ordre de Bouhaydoura.

Sur la terrasse, le silence était devenu la règle tacite. Les femmes et moi étions d'accord sur ce point. Il ne fallait pas perturber le travail du sorcier de Tabriquet.

Je me suis assis à côté d'une vieille femme noire. La seule noire. Sans la saluer. Et j'ai levé les yeux au ciel pour regarder le soleil grand et plein qui arrivait lentement vers nous. Le soleil ce jour-là avait quelque chose de différent. Ce n'était pas le même que celui des autres jours. On l'avait changé.

Le soleil de notre monde était mort. Celui qui avait pris sa place était jeune, faible. Il ne faisait pas le poids. Il ne nous connaissait pas bien. C'était un soleil timide, fragile, beaucoup plus attachant que celui des autres jours.

C'était le jour de sa naissance et probablement aussi celui de sa mort.

Je lui ai donné un prénom. Anis. Et, en attendant de retrouver Bouhaydoura, je l'ai regardé tendrement avancer, reculer, jouer, tomber. Irradier. Se perdre. Cesser de tourner. Disparaître. À jamais. Je suis parti avec lui. En criant son prénom. Trois fois.

Anis. Anis. Anis.

A-t-il jamais existé, ce soleil ?

J'étais triste. J'ai failli pleurer. La vieille femme noire m'a consolé. En silence. Elle avait tout compris. Elle m'avait suivi dans les ruelles de mon imagination. Elle avait vu elle aussi le drame qui s'approchait, la tragédie sûre qui venait. Plus de soleil. Plus d'Anis.

« Ta mère… Elle ne reviendra pas.

— Je le sais.

— Comment le sais-tu ?

— Je le sais, c'est tout. Je le savais bien avant qu'elle ne parte. Elle n'a jamais été vraiment avec nous. Elle ne me manquera pas. Je ne souffrirai pas. Elle a bien fait de partir.

— Et ton père ?

— Quoi, mon père ?

— Le travail que je lui ai fait ne l'apaisera pas. Il faudra le sauver… autrement.

— Comment ?

— Je ne le sais pas pour l'instant… J'ai perdu ma force, voilà ce que je sais. J'ai beaucoup perdu en prison. Ils m'ont beaucoup pris, là-bas. Ils étaient plus forts que moi. Ils sont les plus forts, je dois le reconnaître… Je ne peux rien pour ton père. Il faudra me pardonner. Je ne suis plus le même. J'ai changé, moi aussi. J'arrêterai tout bientôt. Très bientôt, peut-être.

— Ne vous inquiétez pas. Mon père, je m'en occupe. Je sais quoi faire.

— Que feras-tu ?

— Je le soulagerai à ma manière. Je l'emmènerai au souk de Lakhmiss aujourd'hui, en fin de matinée. Il aime les souks. Il ne pouvait jamais y aller, avant. Il travaillait trop. Maintenant, il est libre. Trop libre.

— Souk Lakhmiss, tu dis ? Il a bien lieu chaque jeudi, non ?

— Oui, oui.

— On est mercredi aujourd'hui.

— Je sais. C'est le monde à l'envers. C'est à cause de Hassan II. Demain, il va accueillir quelqu'un d'important à l'aéroport de Salé… Et…

— Le cortège va passer à côté du souk.

— Tout doit être fermé lors de son passage.

— D'où l'idée d'organiser le souk de Lakhmiss aujourd'hui, mercredi. C'est le monde à l'envers, comme tu dis. Ce n'est pas un bon signe.

— Mon père sera très content d'y aller, j'en suis sûr. C'est un souk de campagnards. Et lui, il a toujours aimé ça. C'est un campagnard lui aussi. On achètera des légumes, de la viande… Et ce soir je l'aiderai à cuisiner. Il cuisine bien, mon père.

— Tu seras toujours là pour t'occuper de lui ?

— Toujours.

— Tu seras un bon fils ?

— Je ne sais pas… J'ai tout le temps pour réfléchir à ça. D'abord, le souk hebdomadaire de Lakhmiss.

— Ensuite ?

— Lui faire oublier ma mère !

— Tu ne l'aimes vraiment pas, ta mère ?

— Je ne sais pas. Elle est partie. Je vais m'obliger à l'oublier. Et mon père... Peut-être que vous pourriez au moins l'aider à l'oublier... On dit partout que vous êtes plus puissant qu'un sorcier juif. Je n'arrive pas à croire que vous avez perdu votre talent, votre puissance. Je crois plutôt que, vous non plus, vous ne voulez pas que ma mère revienne. C'est ça ? Je me trompe ?

— Tu réfléchis un peu trop, mon fils.

— Vous croyez... ? Vous n'êtes pas obligé de me répondre. Mais, au moins, préparez s'il vous plaît pour mon père un travail pour l'oubli. Qu'il souffre moins, le moins possible... Qu'il pleure moins... Qu'il se relève vite... Dès qu'il le pourra... Oui, qu'il se relève, vite, vite, et ce sera moi qui lui trouverai une autre femme. Une autre femme comme il les aime.

— D'accord... D'accord... Je vais le faire... Ce sera entre toi et moi. Tu ne lui diras rien. Jure-le ?

— Je le jure... Je ne lui dirai rien... Je lui jetterai moi-même le sort de l'oubli.

— Il me faudra une trace intime de ton père.

— Un marcel fera l'affaire ?

— Oui.

— Je vous l'apporte demain, jeudi... Non, non... Je ne peux pas demain. Je dois être au bord de la route avec tout le collège pour assister au passage du cortège du Roi. Après-demain, c'est possible ?

— Après-demain, c'est vendredi. D'accord, mais viens me voir avant la grande prière.

— Je viendrai bien avant, bien avant.

— Tu m'apporteras aussi autre chose.

— Quoi ?

— Je vois que tu es en train de devenir un homme. Tu as treize-quatorze ans ?

— Presque quatorze ans.

— Tu dois avoir déjà beaucoup de poils sous les aisselles, autour du sexe…

— Oui, oui, beaucoup.

— Normalement, ce sont les mères qui font cela pour protéger leurs fils. Mais comme ta mère n'est plus là pour toi, c'est moi qui m'en occuperai. Après tout, tu es comme mon fils… Tu pourrais même, un jour, devenir mon successeur.

— Votre successeur !

— Ne fais pas trop attention à tout ce que je dis. Ne réfléchis pas trop.

— Je vais essayer… Dites-moi maintenant ce que je dois faire. Je ferai tout ce que vous me direz. Je le ferai. Je le ferai. J'aime ce que vous êtes. Dites-moi… Je suis à vous… »

Souk Lakhmiss était presque vide ce jour-là. L'information n'avait pas été bien diffusée.

Mon père, qui aimait les grandes foules, en a été immédiatement triste. Il voulait qu'on rentre à la maison. J'ai réussi à le convaincre de rester en lui rappelant que nous n'avions plus rien à manger chez nous et en lui suggérant qu'on pourrait faire ce soir-là un couscous. Un couscous rien que pour lui et moi. Un couscous pour célébrer à deux un nouveau départ dans la vie. Conforter son espoir à lui : le retour de ma mère. M'habituer, moi, à la nouvelle situation de notre famille : père et fils. Tenter la joie, même au cœur de la tristesse. Prendre mon père par la main, lui réapprendre à vivre, à manger, à respirer. Veiller sur lui. Préparer, avec l'aide de Bouhaydoura, un sort qui lui amènerait un peu de repos. Le sommeil. L'oubli. Une autre femme.

Nous avons fait lentement le tour du souk et de ses

rares étalages. Nous avons acheté tout ce qu'il fallait pour un couscous. Légumes, épices, un coq jeune vivant, du beurre rance avec un peu de thym et de la semoule de campagne que mon père aimait particulièrement, la *balboula*, et que je détestais de tout mon cœur. Mais comme c'était lui qui allait cuisiner, je n'ai rien dit. De nous deux, il était le plus malheureux, le plus malade. Le plus absent au monde. La nourriture allait un peu me le rendre. La nourriture venant de lui allait m'aider moi aussi à passer à autre chose. Un adolescent sans mère.

Au moment où nous allions quitter ce grand souk à l'ambiance désolante, un marchand de pastèques nous arrêta.

Il cria : « Omar, Omar, viens, viens me voir... » J'ai essayé de l'ignorer. Il cria de nouveau, plus fort : « Omar, Omar, tu ne me reconnais pas ? Comment vas-tu ? Comment va ta mère ? Tu ne me reconnais vraiment pas ? Je vais me fâcher et je le dirai à ta mère... Tu sais que je la connais bien... »

Comme je continuais toujours mon chemin sans lui prêter attention, il quitta son étalage et vint jusqu'à mon père et moi.

Il était devant moi. Il me barrait la route. Il souriait. Il avait l'air heureux de me revoir. Il me prit la main et la mit sur son cœur. Et il me dit, sérieux : « Ça y est, tu ne m'aimes plus... C'est ça ? Tu ne veux plus de mes pastèques. C'est ça ? C'est ça ? Dis... Et ta mère ? »

Je ne savais pas quoi lui répondre. La vérité ? Quelle vérité ?

J'ai longtemps cru que cet homme encore jeune, affable, chaleureux, célibataire endurci, ne voulait que ma mère. En été, à chaque fois qu'il me voyait passer devant son échoppe dans notre quartier, il m'appelait, me posait des questions sur elle, me demandait de la saluer de sa part et finissait toujours par me donner des fruits pour elle, pour nous. Il disait : « Des fruits pour la maison. Ta mère me paiera plus tard... En attendant les pastèques... La saison des pastèques... »

Était-ce de l'innocence de ma part ? De la naïveté ? Ou bien de la lâcheté ?

De la gourmandise, tout simplement.

J'étais ravi de ramener toutes sortes de fruits très chers à la maison et d'en manger autant que je pouvais. Mon petit frère aussi en était ravi. On partageait tout, sans se disputer. Ma mère, elle, ne les touchait même pas, ces fruits. Elle se contentait de dire : « Mangez... Mangez tout vite, vite, avant que votre père n'arrive... » Nous obéissions à cet ordre sans faire d'histoires. Sans aucun sentiment de culpabilité.

Je m'obligeais à ne pas me poser trop de questions sur la nature du lien entre cet homme et ma mère. Mais, au fond, oui, je savais.

Je savais et j'en avais honte. Une honte, curieusement, assez excitante. Inexplicable. La honte devant qui ?

Moi-même ? Les autres ? Tous les autres ? La famille ? Les voisins ? Dieu ?

Un jour, en me donnant les fruits, l'homme a dit : « C'est pour toi cette fois-ci... Pour... toi... »

J'ai répondu : « Ma mère sera contente. »

La semaine suivante, j'ai passé toute une après-midi avec lui. À faire la sieste. Et rien d'autre ? Lui à côté de moi. Dans le même lit que moi. Et j'ai senti ce que ma mère avait senti, connu ce qu'elle avait connu : l'odeur du bled qui sortait du corps à l'aise, libre, de l'homme aux pastèques. C'était ça notre point commun.

J'en avais honte, bien sûr. Une honte délicieuse. À ne partager avec personne.

« J'ai envie de faire la sieste. » C'est ce que je me disais, malgré moi, dans ma tête ce matin-là, au souk de Lakhmiss, devant l'homme aux pastèques qui insistait trop et qui ne savait pas qu'une page de notre histoire était tournée, était en train d'être tournée.

Mon père ne comprenait pas ce qui se passait. Il était question de ma mère, sa femme encore, dans la bouche de cet homme complètement étranger pour lui. Ce qui devait être interprété comme un signal d'alarme, il le vit comme un espoir. Il n'éprouva aucune jalousie. Au contraire, il s'accrocha à l'homme étranger et, balbutiant, lui demanda : « Quand avez-vous vu ma femme pour la dernière fois ? Savez-vous où elle est maintenant ? Exactement où ? Le savez-vous ? » Le marchand laissa tomber ma main et, un sourire gêné aux lèvres, répondit : « Je ne savais pas qu'elle était partie. Elle est vraiment partie ? Vraiment vraiment ? »

Le marchand était aussi effrayé que mon père, maintenant. Il essaya de le cacher. En vain. Ses yeux ne dansaient plus, ils étaient immobiles, comme morts.

La chambre de Khalid était toujours plongée dans le noir. Les volets étaient complètement fermés.

J'ai cherché la lumière. Elle était sous le lit. Une petite lampe de poche qui servait à Khalid pour lire dans la nuit. Je l'ai allumée. J'étais dans un autre monde. Une autre dimension. Loin de la terre. Une villa perdue dans l'espace. J'avais peur. J'étais excité. Je rejoignais mon ami Khalid pour prolonger ces sentiments contradictoires et en même temps devenir un autre.

Dans le palais de la famille de Khalid, la réalité n'avait plus le même goût ni les mêmes couleurs. Même Dieu, notre Dieu à tous, y était différent. Il n'était plus là.

Khalid, lui, en avait marre de cette villa à laquelle il ne trouvait plus de charme. « Je veux tout changer ici. Tout. Absolument tout. Le beau sera différemment beau avec moi, grâce à moi, un jour. Je changerai tout. Je détruirai tout. » Il était sincère et, pour ne pas le fâcher, pour ne pas le perdre, je faisais semblant d'être d'accord avec lui.

Moi, ce palais, je l'aime, je le veux, je le prendrai volontiers comme cadeau si la famille de Khalid le quitte un jour. Ce rêve me tend la main. Je viens. Je cours. Et je ne cesse de répéter : « Khalid est fou, Khalid est fou. »

Khalid était le plus fou de nous deux. Le plus libre ?

Khalid avait peur du soleil dans sa chambre. Il ne fallait pas qu'il y entre, même en son absence, surtout en son absence. Il avait ainsi interdit aux nombreuses bonnes au service de sa mère d'ouvrir les volets des fenêtres de sa chambre. Pour se faire respecter, il les menaçait régulièrement. Sérieusement. « Faites attention... Je serai méchant, très méchant, si vous n'obéissez pas à mes ordres... Et même si ma mère vous ordonne de les ouvrir, ne le faites pas. Dans ma chambre, c'est moi le commandant. Vous avez compris ? »

Les bonnes ne répondaient rien. Elles baissaient les yeux et demeuraient immobiles, pétrifiées. Elles s'arrêtaient de travailler, de vivre. Devant Khalid, elles n'existaient plus.

Le soleil était devenu, année après année, une grande obsession morbide pour Khalid. Il en parlait tout le temps. Il en avait une connaissance scientifique, intime, amour-haine. Il voyait le soleil comme une menace sérieuse, certaine.

Il délirait. Je l'écoutais. Ses images étaient mes images. Son soleil, mon soleil.

« Un jour proche, très proche, le soleil va nous tuer. Chaque jour il se rapproche un peu plus de nous, de la terre. Il va nous faire fondre, tous, nous et tout... On va couler comme de la glace, on deviendra de l'eau, sans couleur au début, puis noire, très noire... Le soleil se rapproche. De ma chambre, même si les volets sont toujours fermés, je le vois très bien. C'est affreux, affreux. Il n'est pas jaune, le soleil, comme on le croit, il est rouge. Rouge comme l'enfer. Rouge... Un magma... Le soleil n'est pas notre ami. Il ne nous aime pas. Il n'y a qu'à voir les autres civilisations, celles d'avant, il y a longtemps, longtemps. Le soleil a fini par les trahir toutes, il n'était plus à elles, avec elles : il les a détruites du jour au lendemain, comme ça, vite, d'un seul coup. Et il n'en éprouve aucun remords. C'était facile pour lui. Sa température de radiation est de 5 870 °C. Tu te rends compte, Omar... Tu te rends compte ? 5 870 °C... »

Je ne me rendais pas du tout compte. Je ne cherchais pas à comprendre. Mais j'étais heureux de l'écouter, Khalid. D'être l'unique personne au monde à qui il racontait toutes ces visions, ces peurs. Ces prémonitions. Cette fin proche.

« Le soleil et la mort se regardent fixement. Le soleil gagne. Il va bientôt triompher. Exploser. Tout deviendra ombre. Il n'y aura rien, plus rien de nouveau sous le soleil. Moi, toi, papa, maman, tout le monde, même le Roi, tout le monde sera dans la fin, la fin... On n'existera plus. On ne sera plus. Tu comprends ça, toi ? Moi, oui. Oui et non. J'imagine le soleil qui vient vers moi, qui vient, qui vient, il m'aveugle, me prend, me brûle petit à petit, très lentement, provoque sur ma peau des actinites, des érythèmes. Il me noircit. Il me transforme. En cendres ? En quoi exactement ? Je me demande si, juste à la toute fin, je serai complètement noir. Noir de brûlures. Je n'y avais jamais réfléchi, à cette question. Peut-être que, au contraire, je serai lumière. J'exploserai en une série de lumières. Je finirai par devenir La Lumière. Toi aussi, Omar. Tous. Tous ? Et... Quelle lumière deviendrons-nous ? Quelle est la lumière des ténèbres ? Tu le sais, toi, Omar ? Tu crois à tout cela ? Tu me crois ? »

Je le croyais, oui, je le croyais. Il avait le pouvoir avec lui, la richesse de ses parents, de sa classe sociale, pour lui, pour le protéger, rendre crédibles ses rêves, donner du poids à ses visions. Lui pouvait se le permettre. C'était un luxe. Le luxe. Avec ma bénédiction et mon éternelle admiration.

Je l'écoutais. Je le suivais dans le noir de sa pensée, en priant, en espérant que ces moments rares que je ne pouvais vivre qu'avec lui, dans sa chambre étrange, n'allaient jamais s'arrêter. Alors seulement, dans cet espace-là, ce temps-là, ce silence et ces paroles, inventées par lui, dites par lui, où je marchais avec et derrière lui, un pauvre avec un riche, un pauvre accroché à un riche, là, dans cet ailleurs, je pouvais enfin tout m'autoriser. Accéder un moment à la même liberté que Khalid.

Dans la chambre noire, ce jour-là, après avoir ramené les courses et mon père à la maison, c'est moi qui parlais, qui voulais parler. De mon rêve avec Hassan II. Et puis de Bouhaydoura qui m'avait confié une mission.

Je ne savais pas comment commencer. Khalid en a profité pour raconter une autre de ses visions. Il en avait toujours une sous la main à partager.

« Attends, Khalid, attends... J'ai quelque chose à... dire... moi... aussi...

— Ah !... Ah bon !...

— Oui. Ne sois pas surpris. Cette fois-ci, c'est important. C'est un rêve. Un vrai rêve.

— Un vrai rêve ? Un rêve de nuit ?

— Oui.

— Et tu t'en souviens bien ! Quelle chance... Quelle chance... Moi, je ne me souviens jamais de mes rêves, des rêves de mes nuits. Moi...

— Arrête, arrête... Laisse-moi parler, en placer une... Pour une fois que j'ai une histoire à partager... Alors, tais-toi...

— D'accord, d'accord.

— Muuh...

— Vas-y et choisis bien tes mots... Je peux t'aider si tu veux..

— Non. Je prendrai mes propres mots. Écoute. Écoute-moi, c'est tout...

— Vas-y, vas-y... Dis ton rêve.

— Hassan II.

— Hassan II ? Tu es sûr ? Tu n'as pas peur ?

— Je n'ai pas peur, maintenant. Dans le rêve, j'étais terrifié, mort. Dans le noir total. Le monde comme tu en parles, toi, dans tes histoires de soleil qui va très bientôt nous faire fondre.

— Et comment était Hassan II ?

— Petit... Grand... Je ne sais plus exactement... Des yeux incroyables... Noirs. Blancs. Beaux aussi, je crois. Beau-riche. Tu comprends ? J'étais aveuglé presque tout le temps. Je le voyais et je ne le voyais pas... Il me faisait peur. Mais je voulais aller vers lui quand même. C'est le Roi. Tous les Marocains ont envie d'aller vers le Roi, non ?

— Moi, oui, en tout cas.

— Toi, ce n'est pas pour les mêmes raisons. Toi, tu es... déjà... Je veux dire... Je ne sais pas comment le dire...

— Continue à raconter ton rêve... Raconte... Il y avait qui d'autre avec lui ?

— Des femmes, beaucoup, beaucoup de femmes. Comme dans les films italiens érotiques qu'on va voir toi et moi au cinéma An-Nasr.

— Hassan II entouré de femmes nues ?

— Non, non, elles étaient habillées, magnifiquement,

magnifiquement. Je voulais dire comme dans le film *La Cité des femmes*.

— De Federico Fellini ? Tu connais ce film ? Comment est-ce possible ?

— On l'a vu ensemble, tu ne te rappelles pas ? On l'a vu l'année dernière, juste avant les grandes vacances... Juste avant ton départ à... à...

— À Paris.

— C'est ça. Tu te souviens, maintenant ? Je t'avais demandé, juste avant le début de la projection, de me ramener de Paris un rouge à lèvres Chanel... pour ma cousine.

— Pour ta cousine, c'est ça ?

— Je le jure.

— Quel menteur ! Et je t'en ai ramené un... pour ta cousine ?

— Oui. Très rouge. Très chic. Chanel. Comme elle voulait.

— Bon, bon, je te crois. Reviens à Hassan II.

— Elle en a été très heureuse... Tu as offert le même à ta copine Samira, d'ailleurs. Tu dois sûrement te souvenir de ça...

— Ne me parle pas de Samira. Elle m'énerve en ce moment. Je vais rompre avec elle... Ce soir peut-être... Pourquoi on parle d'elle ? Reviens, reviens à Hassan II...

— J'en étais où ?

— Tu n'as presque rien raconté. Sois cohérent. Raconte

depuis le début. Raconte comme si tu étais en train de rédiger une dissertation.

— Tu te moques de moi... Tu sais à quel point je suis nul en dissertation... Et que c'est pour cela que...

— Oui, oui... C'est pour cela que c'est toujours moi qui les écris à ta place.

— Tu es méchant.

— Je sais. C'est pour cela que tu m'aimes.

— Tu es méchant, bien plus que méchant...

— Arrête, arrête... Tu ne vas pas jouer à la petite fille, maintenant ? Tu sais très bien que tu es aussi méchant que moi. Nous sommes pareils, malgré tout ce qui nous sépare. De la même nature. Tu le sais, ça ?

— Je ne le savais pas. C'est la première fois que tu le dis aussi... clairement. Bien exprimé et... Cette séparation entre nous, elle n'existe vraiment pas ? Je ne le crois pas... Je ne le crois pas. Tu fais semblant d'être comme moi mais tu ne l'es pas. C'est moi le pauvre. Tout en moi doit te le rappeler, et pas qu'à toi...

— Arrête avec cette histoire de complexe d'infériorité. Arrête... J'en ai marre... La vie ne tourne pas qu'autour de ça.

— Justement, si.

— Justement, non.

— Tu ne me comprends pas, Khalid.

— Mon cher ami Omar, c'est ce que tu dis à chaque fois que tu n'as plus d'arguments.

— Je ne sais pas, moi, parler bien, bien comme toi… Tu ne comprendras jamais…

— Arrête avec ça. Tu m'énerves sérieusement avec cette rengaine.

— C'est le but.

— Ah ! bon…

— Oui.

— Arrête, s'il te plaît. Raconte ton histoire. Elle m'intéresse, raconte.

— Je sais que Hassan II t'intéresse. Je sais pourquoi. Il est du même monde que toi.

— Tu deviens intelligent, maintenant ?

— Pas autant que toi, je le sais… Je l'accepte.

— Quel idiot ! Raconte… Tu m'énerves. Raconte…

— Il a changé ses vêtements devant moi.

— Hassan II ?

— Oui. Le Roi a changé ses vêtements devant moi.

— Alors, tu l'as vu nu ?

— Oui… Oui, je crois.

— Nu… Nu nu ?

— Complètement.

— Et après ?

— J'avais l'impression qu'il était… qu'il était…

— Quoi ? Quoi ?

— Qu'il n'était plus le Roi. Mais cela a duré à peine une seconde ou deux. Une minute ou deux… C'était au milieu du rêve. Mais cette partie n'est pas la plus importante. Il s'est passé quelque chose d'autre, de plus terrifiant. Un vrai cauchemar.

— Tu sais quoi ? Tu vas recommencer depuis le début. Cette fois-ci, je suis sérieux. Raconte tout, tout. Tu te souviens de tout, j'espère ?

— Oui, oui, je me souviens de tout. Ce n'était pas un rêve. C'était réel.

— Les vrais rêves ont toujours cette consistance, ce goût de réalité.

— Arrête de philosopher. Je vais recommencer. Je commence par... Mais, promets-moi que tu garderas tout cela pour toi. Je ne veux pas aller en prison. Promets-le ! C'est moi le pauvre. Pas toi. Promets-le ! Jure-le.

— Je le promets ! Vas-y.

— Jure-le !

— Je le jure.

— Alors, voilà... »

Il était quinze heures trente quand j'ai fini de raconter mon rêve à Khalid. Il fallait maintenant partir au collège. On avait deux heures de cours de français. Grammaire la première heure. Lecture, la deuxième.

Comme chaque mercredi, j'étais venu passer une partie de l'après-midi chez Khalid avant d'aller en classe. C'était une tradition, qui durait depuis quatre ans.

C'était la dernière fois. Mais je ne le savais pas à ce moment-là.

Je suis arrivé à sa villa, comme d'habitude, après le déjeuner, vers quatorze heures. Tout le monde chez Khalid faisait la sieste. C'est la bonne Hadda qui m'a ouvert. Elle m'attendait juste à côté de la porte pour m'empêcher de sonner. Cela aurait réveillé sa maîtresse, la mère de Khalid. Il ne fallait pas que ce malheur se produise. La pauvre bonne l'aurait payé très cher.

J'aime Hadda.

Elle est noire, Hadda. Elle est très grande. Je n'arrive pas à lui donner un âge. Vingt ans ?

Elle ressemble à une femme que j'ai connue de loin, juste avant l'adolescence. Qui ? Où ? Une parente ? Une parente noire ?

Hadda ne parle pas. On lui a coupé la langue ? Elle n'a plus rien à dire ? Elle a déjà tout dit ? Tout ? Tout ? On m'a dit qu'elle était devenue muette.

Hadda fait ce qu'on lui dit de faire. Elle écoute. Elle ne répond jamais. Elle avance, sans voix. Elle est là. Elle n'est plus là.

Elle a ouvert la porte principale rapidement, m'a attrapé par le bras gauche et a mis l'index de sa main droite sur sa bouche pour me signifier qu'il était plus que recommandé de ne pas faire de bruit. Elle essayait d'être trop sérieuse, dure, mais cela ne lui allait pas. Je n'ai pas ri. Je n'oserai jamais rire d'elle.

Je l'ai suivie, Hadda. Un corps généreux, tellement noir. Un corps vaste, inédit. Beau ? Un corps pour les hommes, les saints, les dieux. Les enfants. Un appel.

Je l'ai suivie. Accroché à ses fesses énormes. Tout un univers. Un mystère. Un puits. Un dialogue sans mots. Je l'ai suivie en me répétant, comme à chaque fois que je la voyais, les mêmes questions.

Où commencent les origines de Hadda ? De quelle forêt arrive-t-elle ?

Un lien entre nous deux, nos origines, existait quelque

part dans ce monde, sur cette terre. Un lien où son sang rejoignait le mien, où ma peau et la sienne n'en faisaient qu'une. Une peau noire, forcément.

Contrairement à tant d'autres au Maroc, les Noirs ne me dérangeaient pas.

Khalid était allongé sur son lit. Il m'attendait. Il ne dormait pas.

Khalid est scientifique. Je suis littéraire. On dit autour de moi au collège que cela se voit. Les littéraires sont bien sûr moins intelligents, des rêveurs pauvres, des ratés.

Le monde allait être désormais divisé. Khalid d'un côté. Moi, de l'autre. À partir de l'année prochaine, dans des lycées différents. Nous ne serions plus dans la même ville.

Après l'été, Khalid irait tous les jours à Rabat poursuivre ses études scientifiques au fameux lycée Moulay-Youssef. Il aurait une voiture avec chauffeur rien que pour lui. Son père n'était pas favorable à cette décision. C'est sa mère qui l'avait prise et imposée. Elle avait déjà acheté la voiture, une Renault pas trop voyante, et déjà engagé le chauffeur, le petit frère du sien.

Après l'été, où serai-je, moi ? Je resterai, c'est certain, du même côté du fleuve Bou Regreg. Je resterai un Slaoui.

On allait me dire dans les jours à venir dans quel

lycée de la banlieue pauvre de Salé on m'enverrait finir mes études littéraires. Des études sans intérêt. Sans avenir.

Je priais afin que ce lycée ne soit pas trop éloigné de chez moi, dans ce territoire de la Grande Peur. Ce monde où je n'avais jamais encore mis les pieds et où tous les trafics, tous les crimes étaient possibles. Un monde qui portait le nom d'un fleuve qui n'existait plus. L'oued El-Khanez. L'oued qui pue.

Khalid ne dormait pas. Il m'attendait. J'avais un rêve à lui raconter. J'avais hâte.

Khalid, j'admirais tout en lui. J'aimais tout en lui. Son corps blanc. Ses cheveux raides et très noirs. Son nez légèrement cassé. Ses grands yeux verts toujours ailleurs. Ses dents du bonheur. Sa petite taille, sa minceur, son intelligence. Son raffinement. Sa voix qui hésite pour mieux s'affirmer. Les lumières autour de lui. Sa richesse.

Khalid était riche. Tout en lui me le rappelait. Me le démontrait. Sa façon d'être, d'exister, d'analyser les choses et le monde. Sa façon de manger. De me regarder droit dans les yeux comme s'il était en train de me draguer.

Khalid était riche et il était beau.

Khalid était beau et il était riche.

Il avait tout. Et il avait peur. Je l'aimais aussi pour cela. Pour ses peurs étranges qui alimentaient les miennes, les rendaient plus complexes. Plus belles.

Il a tourné les yeux vers moi et il a dit, encore rêveur :

« Hadda a été gentille avec toi ? Hadda t'aime. Elle est amoureuse de toi. Elle vient de me le dire. »

Il a ri, gentiment. Pas moi.

Il a ajouté : « Ne sois pas trop sérieux… Ne sois pas raciste… »

Je n'ai pas répondu. Hadda ne représentait rien pour lui. Une domestique comme toutes les autres. Il ne l'évoquait que pour se moquer d'elle, la maltraiter, la rabaisser. J'étais en désaccord avec lui, mais je n'osais pas le lui dire. Il se serait encore plus moqué de moi et je ne l'aurais pas supporté. Hadda était à moi, elle vivait dans mon monde, loin de Khalid. Hadda était un mystère, même pour moi.

Nous étions en retard.

Mon rêve avec Hassan II avait été long à raconter. Khalid n'avait pas arrêté de me questionner sur les moindres détails. Je les avais tous retrouvés, pour lui.

Nous courions sur le chemin du collège, dans la chaleur impitoyable de l'après-midi. Qui allait arriver le premier ? Moi, bien sûr. Comme toujours. Moi, le plus fort. Moi, le garde du corps. Moi, parce que c'est ce que je savais faire mieux que Khalid. Courir. Courir. Courir. Depuis le début de notre amitié, de notre histoire. Courir à en mourir.

Je n'ai pas gagné, ce jour-là. J'ai laissé la victoire à Khalid.

Pourquoi ? Un cadeau ? En avait-il besoin ? Envie ?

Envie, oui. Besoin, non.

On allait bientôt ne plus se revoir, ne plus se retrouver presque chaque jour pour marcher ensemble. Matin, midi, soir. La vie allait nous diviser. On ne s'était pas encore dit adieu. Cette course était celle de Khalid. Ce serait, peut-être, la dernière entre nous. Pour la dernière fois nos deux corps l'un à côté de l'autre en train de courir, de souffrir, de se dépasser pour rien. La dernière fois à égalité. La dernière fois emportés tous les deux par le même souffle, la même inspiration. Adolescents de presque quatorze ans, encore un petit moment dans l'enfance.

La dernière fois pour Khalid de jouir de cette joie simple qu'il trouvait à être avec moi. La retrouverait-il un jour, quelque part ? Avec qui ?

Union, fusion, bonheur, ailleurs qu'avec moi, étaient donc possibles. Vraiment ? Pour lui ? Pour moi ?

J'avais l'avantage. Je pouvais décider.

J'ai pensé à mon père qui devait être en train de faire la sieste. J'ai pensé à lui, fort, le souffle coupé, le sang bouillant. Et j'ai continué de courir. Avec mon père sur ma peau. Séparé quelques instants de mon ami Khalid.

J'ai entendu mon père. Sa voix endormie m'a dit : « Laisse Khalid gagner… C'est son jour, pas le tien… Laisse-le découvrir autrement la joie et la victoire… Il mérite de gagner… Il va gagner… »

J'ai été généreux. J'ai ralenti ma cadence. Je l'ai laissé me dépasser. Je l'ai vu atteindre la victoire.

Je n'ai pas gagné, ce jour-là. C'est la faute à mon père.

Le Petit Chose d'Alphonse Daudet n'était pas normalement au programme de l'année scolaire. Madame Cherki, le professeur de français, nous avait demandé de nous procurer ce roman un mois avant la fin de l'année et de lire le premier chapitre pour le dernier cours avec elle. C'est Khalid qui m'avait acheté mon exemplaire chez un bouquiniste à Rabat.

Je n'aimais pas le français. Je ne le maîtrisais pas bien. Ce n'était pas une langue pour moi. À moi. Je n'aimais pas la littérature dans cette langue étrangère. Toujours étrangère au Maroc.

Mais j'ai aimé *Le Petit Chose* dès la couverture sur laquelle était reproduit un tableau français très émouvant. *Pauvre écolier,* du peintre Antoine Mancini. Le premier chapitre m'avait plus que plu, et j'avais bien l'intention de finir tout le livre pendant les vacances.

J'avais donc lu le premier chapitre : « La fabrique ». Je n'avais pas compris tous les mots. Je n'avais pas saisi tout ce qu'il fallait saisir, comme ça, d'un seul coup. Ce n'était pas grave. Quelque chose de ce livre était entré dans mon cœur directement, malgré mes lacunes en français, malgré mon hostilité pour cette langue et mes malheurs familiaux. Il m'avait fallu une semaine entière quand même pour lire ce chapitre et, comme le professeur l'avait exigé, en faire un résumé. Pendant ce temps-là, Khalid, lui, avait fini de lire tout le livre.

Contre toute attente, c'est à moi que Madame Cherki,

qui ne m'avait jamais vraiment aimé, a demandé de lire à haute voix un extrait du premier chapitre. Au hasard.

Encouragé par le regard de Khalid, j'ai ouvert *Le Petit Chose* et j'ai lu, en tremblant de partout, ces lignes :

> « Pour ma part, j'étais très heureux. On ne s'occupait plus de moi. J'en profitais pour jouer tout le jour avec Rouget parmi les ateliers déserts, où nos pas sonnaient comme dans une église, et les grandes cours abandonnées, que l'herbe envahissait déjà. Ce jeune Rouget, fils du concierge Colombe, était un gros garçon d'une douzaine d'années, fort comme un bœuf, dévoué comme un chien, bête comme une oie et remarquable surtout par une chevelure rouge, à laquelle il devait son surnom de Rouget. Seulement, je vais vous dire : Rouget, pour moi, n'était pas Rouget. Il était tour à tour mon fidèle Vendredi, une tribu de sauvages, un équipage révolté, tout ce qu'on voulait. Moi-même, en ce temps-là, je ne m'appelais pas Daniel Eyssette : j'étais cet homme singulier, vêtu de peaux de bêtes, dont on venait de me donner les aventures, master Crusoé lui-même. [...]
> Rouget, lui non plus, ne se doutait guère de l'importance de son rôle. Si on lui avait demandé ce que c'était que Robinson, on l'aurait bien embarrassé ; pourtant je dois dire qu'il tenait son emploi avec la plus grande conviction, et que, pour imiter le rugissement des sauvages, il n'y en avait pas comme lui. Où avait-il appris ? Je l'ignore. Toujours est-il que ces grands rugissements de sauvages qu'il allait chercher dans le fond de sa gorge, en agitant sa forte crinière rouge, auraient fait frémir les plus braves.

Moi-même, Robinson, j'en avais quelquefois le cœur bouleversé, et j'étais obligé de lui dire à voix basse : “Pas si fort, Rouget, tu me fais peur.”
Malheureusement, si Rouget imitait le cri des sauvages très bien, il savait encore mieux dire les gros mots d'enfants de la rue et jurer le nom de Notre-Seigneur. Tout en jouant, j'ai appris à faire comme lui, et un jour, en pleine table, un formidable juron m'échappa je ne sais comment. Consternation générale ! “Qui t'a appris cela ? Où l'as-tu entendu ?” Ce fut un événement. M. Eyssette parla tout de suite de me mettre dans une maison de correction ; mon grand frère l'abbé dit qu'avant toute chose on devait m'envoyer à confesse, puisque j'avais l'âge de raison. On me mena à confesse. Grande affaire ! Il fallait ramasser dans tous les coins de ma conscience un tas de vieux péchés qui traînaient là depuis sept ans. Je ne dormis pas de deux nuits ; c'est qu'il y en avait toute une panerée de ces diables de péchés ; j'avais mis les plus petits dessus, mais c'est égal, les autres se voyaient, et lorsque, agenouillé dans la petite armoire de chêne, il fallut montrer tout cela au curé des Récollets, je crus que je mourrais de peur et de confusion... »

Un quart d'heure avant la fin du cours de français, le directeur du collège en personne entra dans notre classe. Il était tout sourire. Je le voyais pour la première fois d'aussi près. Il avait l'air important. Il jouait sérieusement le rôle de quelqu'un de très important. Un officiel, un homme d'État. Il était risible. Le surveillant général et la secrétaire l'accompagnaient. Ils avaient tous les trois quelque chose de grand à nous annoncer. Leurs yeux brillaient. Ils se souriaient entre eux. On aurait dit des fous. Des fous sans intérêt.

Après avoir discuté deux minutes avec Madame Cherki, ils se tournèrent vers nous. Le directeur, encore plus souriant qu'avant, presque hilare, prit alors la parole. Ce qu'il nous annonça n'était pas une surprise. C'était bien plus. Quelque chose d'incroyable, au sens propre.

La classe est restée pétrifiée durant le discours solennel, presque royal, du directeur. On ne savait pas comment réagir. Avoir peur ? Pleurer ? Rire ? Devenir fou de bonheur, puis fou de jalousie ?

« Mes chers petits enfants, c'est un grand jour. Je pèse bien mes mots. Un Grand Jour. Nous savions que nous étions sur la liste d'attente. Mais aujourd'hui, cet après-midi à quatorze heures cinquante pour être précis, nous avons eu la confirmation. Un des élèves de notre collège a été choisi parmi les meilleurs élèves du Royaume du Maroc de cette année scolaire. Il sera donc présent la semaine prochaine à la cérémonie… à la réception organisée par notre roi Hassan II, que Dieu le glorifie, pour honorer les meilleurs élèves et étudiants du pays. C'est un grand jour, comme je l'ai déjà dit. Un grand honneur pour nous tous. Pour vous, mes chers petits enfants, comme pour nous. Pour notre collège. Pour notre ville, Salé. Et, si vous me le permettez, un honneur pour moi personnellement. C'est la première fois que cela se produit dans ma carrière. C'est un événement. À plus d'un titre. Un moment mémorable. Sans exagérer, je peux vous dire que notre collège entre, enfin, dans l'histoire de notre cher pays.

Je suis très, très, très heureux. Et je compte sur vous pour être très heureux vous aussi. Nous le méritons tous.

Et ce bonheur, nous le devons à l'intelligence exceptionnelle et au travail acharné, continu, à la culture magnifique d'un élève qui se trouve ici parmi vous, dans cette classe même. Vous m'avez bien entendu : cet élève est l'un de vos camarades.

Vous avez deviné lequel ? Oui ? Non ?

Je ne vais pas faire durer le suspense plus longtemps... Cet élève, c'est le brillant Khalid El-Roule... »

Le directeur s'est tu un instant pour laisser la place et le temps aux applaudissements. Ils ne sont pas venus.

La classe était en état de choc.

Le directeur essaya en vain de cacher son exaspération.

« Mais... enfin... applaudissez... Applaudissez... Applaudissez... C'est un grand jour, applaudissez, applaudissez votre camarade, votre ami, votre Khalid El-Roule, fils du vénérable Monsieur El-Roule que nous connaissons tous. Applaudissez Khalid, il nous représente tous... Il est le meilleur de nous tous, de vous tous... Applaudissez-le, c'est votre frère... Khalid, mon fils, venez ici, rejoignez-moi... Ne soyez pas timide, venez... »

Khalid n'était pas du tout timide. Il n'était ni timide ni surpris.

Il savait bien avant.

Il ne me l'avait pas dit.

Il savait et me l'avait caché volontairement.

Nous l'avons applaudi. Je l'ai applaudi.

Mon père avait raison. C'était bien le jour de Khalid.

Le soleil se rapprochait. Le noir également. Non pour annoncer la fin du monde mais pour célébrer la gloire de Khalid.

Le directeur demanda à Khalid de faire un discours lui aussi. Il accepta. Les mots lui sont venus facilement. Les avait-il préparés ? Quand ? Depuis quand ?

J'ai repensé à ma mère. Elle est revenue. Elle m'est revenue à cet instant précis.

Elle me manque, ma mère.

Khalid parlait.

Khalid brillait.

Des mots bien dits. Mieux : des mots nouveaux, ceux des grandes occasions.

Ma mère me manque. J'ai une mère. J'ai une mère. Elle me manque.

Khalid s'éloignait. Volait loin. Loin de nous. De moi.

Khalid vivait le rêve. Son rêve ? Le rêve de tout Marocain ?

Ma mère me comprenait. Enfin. Elle était de mon côté. Elle faisait attention à moi.

Dans la jalousie moi aussi, à mon tour, je la comprenais, enfin. Je comprenais son départ, sa fuite. Et les non-dits. Mal moi aussi, j'avais soudain besoin de la voir, besoin de son réconfort, besoin de lui dire des choses, de l'appeler : Maman !

Je comprenais son destin, sa vie. Ce qu'elle avait choisi et surtout ce qu'elle n'avait pas choisi. Je voyais sa résistance, ses longues années de résistance. Contre qui ? Contre mon père ? Uniquement contre mon père ?

Elle était loin de moi, de nous, maintenant. Je le savais depuis plusieurs semaines. Je le réalisais à peine. Son absence. Sa disparition. Ce qu'elle avait dit juste avant son départ.

« Dis à ton père que je suis allée retrouver mes origines. Ma mère à moi. »

J'avais répété ces deux phrases à mon père sans chercher à en comprendre le sens caché. J'étais dans la colère. J'étais égoïste, injuste.

Devant Khalid, ami, frère, double de moi, traître, traître qui faisait le fier seul, pour lui seul, les derniers mots de ma mère me sont revenus. Des mots tranquilles. Énigmatiques. Je n'écoutais plus, au bout d'un moment, Khalid. Il était à la hauteur. Il était préparé pour être à la hauteur. Et moi, j'étais où ?

Je déchiffrais les mots de ma mère. Je rêvais avec eux. J'étais en eux.

Quelles étaient les origines de cette femme ? Qui était-elle avant, là-bas dans ce pays où elle venait de rentrer ? Un monde pas si loin, au sud de Casablanca, que je ne connaissais pas. Et d'où venait ce prénom, son prénom, Zhor ? D'un autre temps ? Zhor, une femme fleur. Toutes les fleurs ?

Je voyais un oued, un saint, un souk, une citadelle, une falaise, des femmes, encore des femmes, entre elles, en cercle. Sans hommes. Sans un homme. Un royaume de femmes. Était-ce Azemmour ? Les images qui me venaient se rapprochaient-elles, ne serait-ce qu'un petit peu, de cette ville, de cette rive, de cette terre à moi aussi, en partie ?

Je rêvais Azemmour de nuit.

Ma mère dansait. Triste. Heureuse. Au début de sa vie. Avant mon père.

Qui était cette femme qui dansait nue ? Qui était ce corps que je reconnaissais, avec certitude, avec doute, honte, émerveillement ? À qui appartenait-il ? À moi ? Et cette jeunesse, cette image féminine que je portais en partie intimement en moi sans le savoir, où était-elle à présent ? Dans le rêve, uniquement dans le rêve ?

Ma mère m'envoyait un message. Un appel. Un adieu. Un au secours ?

Elle continuait de danser, pour moi. Sans musique.

Sans public. Juste pour moi, là, avec elle, autour d'elle, en dessous d'elle, au-dessus.

Ses dernières paroles ne cessaient pas de se répéter dans mes oreilles, fortes, lointaines, compréhensibles. De plus en plus tristes.

« Dis à ton père que je suis allée retrouver mes origines. Ma mère à moi. »

Une chanson ? Une prise de pouvoir ? Un abandon ? Un premier amour ? Le premier corps ? Le premier métier : la prostitution ?

La source de tout, un fleuve qui finit, qui s'apprête à se jeter dans la mer, à s'unir violemment avec l'Océan : l'Oum Rbii ?

Je ressentais la douleur. Je comprenais ma mère sans la comprendre. Je la voyais autrement et je ne la jugeais pas. Je la rejoignais dans son mystère, dans son départ, dans son mal.

Pensait-elle à moi ? Allait-elle revenir un jour ?

Fallait-il la faire revenir ou bien, comme le suggérait le sorcier Bouhaydoura, la laisser refaire sa vie, reprendre sa vie d'avant ?

Je ne savais quelle décision je devais prendre.

Khalid, qui jouait toujours à l'élève modeste, parfait, avait fini son discours. Toute la classe l'applaudissait maintenant, très chaleureusement.

Sauf moi.

J'étais jaloux. Oui, jaloux. Je me sentais trahi. Meurtri.

Nié. Tué de mille coups de couteau. Khalid ne m'avait pas dit l'essentiel : il allait, lui, pour de vrai, baiser les mains du roi Hassan II.

Pas moi.

Je lui avais dit mon rêve avec Hassan II. Il m'avait posé de nombreuses questions. J'avais répondu, creusé loin dans ma tête pour lui trouver des réponses satisfaisantes. Il avait eu plusieurs occasions pour me dire qu'il allait, lui, être reçu par Hassan II. J'avais appris cette nouvelle, comme tout le monde, par la bouche de cet affreux directeur de notre collège.

De quoi Khalid avait-il peur ?

Qui suis-je pour Khalid ?

Avant de partir, le directeur a pris de nouveau la parole, longuement.

« N'oubliez pas, mes chers enfants, que demain est un grand jour. Vous vous en souvenez, n'est-ce pas ? Demain... c'est le Jour du Roi. Vous devez tous aller saluer le Roi et l'invité de marque qu'il va accueillir à l'aéroport de Rabat-Salé. Le cortège royal passera, comme d'habitude, à quelques mètres seulement de notre collège. Vous devez tous y aller. Vous m'avez compris ? Le cortège passera vers treize heures si tout va bien. Il faudra être sur place le plus tôt possible, au plus tard vers onze heures. Compris ? Et, évidemment, vous n'avez pas cours demain matin... comme toujours... Quand le Roi sera passé, vous reviendrez tous ici, au collège. Une petite fête sera donnée en l'honneur de votre brillant camarade, et la fierté de ce collège, de la ville de Salé, Khalid El-Roule. Ramenez avec vous, si vous pouvez, des bouteilles de limonade, Coca-Cola, Fanta, Judor, La Cigogne, Yuki, ce que vous trouverez... Et aussi des biscuits... Les biscuits Henry's, par exemple. Ils ne sont pas chers. On m'a dit que ce sont les biscuits préférés de notre élève Khalid.

Demain, ce sera le Jour du Roi... Et ce sera aussi, dans notre collège, le Jour de Khalid.

Demain, ce sera Jour de Fête.

Demain, le monde de votre collège ne sera pas pareil... Vous verrez...

Demain, même la télévision sera là... dans notre collège... Vous verrez... Je ne vous en dis pas plus... Ce sera un grand événement... La fin de l'année scolaire... La fête de Khalid... Notre fête à tous pour célébrer... plusieurs événements à la fois... Venez tous... Je ne veux pas d'absents... C'est un ordre. Pas d'absents... Vous avez tous compris ?

À demain alors... »

« Elle ne reviendra pas, n'est-ce pas ? N'est-ce pas ? Mais je veux qu'elle revienne, qu'elle reprenne sa place, qu'elle redevienne ma femme comme avant, comme toujours... Tu m'entends ? Ce n'est pas juste... Ce n'est pas juste. Tu trouves ça juste, toi ? Toi et moi, tête à tête, seuls... Seuls et tristes... Moi, seul, sans femme, sans ma femme, ce n'est pas juste, ce n'est pas juste... Dieu ne m'aime plus... Dieu... Il est où ? Elle est où ? Ce n'est pas juste. Tu trouves ça juste, toi ? Parle. Parle-moi... Dis quelque chose... Parle... »

Il avait raison, mon père.

Il avait bu.

Il avait raison sur une chose : la tristesse. Khalid m'avait trahi. J'étais encore sous le choc, inconsolable.

L'été était triste. La vie mélangée au vin rouge bon marché était triste. Allait avoir désormais ce goût. Et le couscous joie et célébration n'allait rien y changer.

Je n'avais pas bu. Mais j'étais ivre moi aussi. Sans doute par solidarité avec mon père qui, lui, l'était réellement depuis bien longtemps.

Je l'avais trouvé comme ça à mon retour du collège. Il préparait dans la cuisine le couscous tout en buvant du vin. Une musique populaire l'accompagnait, celle de son chanteur préféré, El-Houcine Slaoui.

Je lui avais proposé de l'aider. Mais il n'y avait visiblement plus rien à faire. Les légumes et la viande étaient presque cuits. La semoule à moitié cuite. Il fallait juste garder un œil sur tout cela. Que ça ne brûle pas ! Que ça ne déborde pas ! Que la cuisson soit comme il faut, parfaite.

« Je peux te faire du thé à la menthe et à l'absinthe, mon fils, si tu veux...

— Je veux bien... Mais... on est en été, papa, il n'y a pas d'absinthe sur le marché.

— Tu es sûr, mon fils ?

— J'en suis sûr.

— Sûr sûr ?

— Je suis sûr qu'on est en été. L'absinthe, c'est en hiver qu'on la trouve.

— On est en été ?

— Tu ne l'avais pas encore remarqué, papa ?

— Pas vraiment, mon fils.

— Tu me fais marcher, là...

— Marcher... ! Non, non... Je veux juste partager avec toi mes plaisirs...

— Je suis avec toi… Je suis avec toi, père…

— Tu as déjà bu du vin ?

— Non. Non. Jamais.

— Dis la vérité ! Dis la vérité !

— C'est la vérité !

— La vérité, tu dis ? Ça ne sonne pas comme la vérité…

— Pourtant, c'est la vérité… vraiment…

— Ne me mens pas, je suis ton père…

— Je n'ai jamais bu de vin, je te dis…

— Même avec ton riche ami Khalid ?

— Khalid est trop fragile pour supporter du vin.

— Ça n'existe pas ça, tout le monde peut supporter et apprécier le vin… Et pour nous les musulmans, on finira tous par en boire un jour, si ce n'est pas ici sur terre, ce sera là-haut, au paradis… Avec la bénédiction d'Allah, en plus…

— Tu délires, père…

— Oui, oui, je délire peut-être… Alors, profites-en et bois avec moi… Je suis ton père, je te donne l'autorisation de boire du vin… Ne crois pas ce que disent les autres… Ce n'est pas un péché, mon fils… Ce n'est pas un péché…

— C'est quoi un péché, père ?

— Le péché, c'est… c'est… c'est ne pas aimer la vie… C'est fuir la vie… C'est fuir, abandonner une famille… Fuir…

— Je veux bien que tu me fasses du thé, mon père… Plus tard, je boirai peut-être un peu de vin avec toi…

— Ah, oui, mon fils, bois avec moi, bois avec moi. Il n'y a pas plus triste que de boire seul. Bois et je te raconterai des secrets.

— Tu le promets ?

— Je le promets... de tout mon cœur.

— Alors, je le ferai, père... Mais, d'abord, le thé... Je garderai un œil sur le couscoussier... Prépare-moi du thé... Tu es le roi du thé à la menthe.

— Ce n'est pas vrai.

— C'est ce que disait maman.

— Ah bon !

— Oui, je l'entendais dire ça quelquefois à ses cousines.

— Tu en es sûr ?

— J'en suis sûr, oui... Je sais, moi aussi, que tu es le roi du thé à la menthe...

— Ah ! mon fils, je t'adore... Viens là, viens là, que je t'embrasse, que je t'aime de plus près... Viens... Viens... »

Un peu de joie.

Plus tard, j'ai bu un petit verre de vin pour lui faire plaisir.

Il m'a dit un secret.

« Ta mère, la nuit, quand vous dormiez, ton frère et toi, elle buvait avec moi... beaucoup... beaucoup... beaucoup de vin... »

Ce n'était pas un secret pour moi. Je ne le lui ai pas dit.

Le couscous de mon père était raté. Trop salé Trop mouillé. Des légumes qui n'allaient pas bien ensemble. J'en ai mangé. J'ai fait semblant d'apprécier.

Le vin, lui, était excellent. Mon père ne cessait pas de le dire et de le redire. Je le croyais.

Nous étions dans la nuit. Je n'avais rien d'autre à faire. M'oublier. Regarder mon père qui vidait une bouteille de vin après l'autre. L'écouter gémir. L'écouter maudire ma mère puis l'écouter en train de l'appeler, de crier son prénom avec amour.

Tard dans la nuit, j'ai essuyé ses larmes, je lui ai enlevé ses vêtements et je l'ai mis dans le grand lit où il dormait seul depuis plusieurs mois déjà.

Quant à moi, comme mon père me l'avait recommandé, juste avant d'aller me coucher, j'ai pissé sur la blessure de mon mollet gauche qui, depuis des mois, ne voulait pas cicatriser.

« Crois-moi, crois-moi… Il n'y a pas mieux que la pisse pour cicatriser les blessures. Crois-moi, c'est ce que je faisais quand j'avais ton âge. À la campagne, on n'avait rien pour désinfecter. Il n'y avait rien… Crois-moi… Crois-moi… »

Je l'ai cru.

Hadda, la bonne noire qui travaillait dans la maison de Khalid, m'a rendu visite cette nuit-là. Elle est venue me chercher dans mes rêves. Elle m'a réveillé doucement, m'a pris par la main et m'a emmené à la cuisine, notre cuisine. Comme toujours, elle ne parlait pas. J'ai vite compris qu'elle voulait m'apprendre à préparer un plat, un seul plat : la *hsoua*. Cuisiner en pleine nuit, cela n'était-il pas dangereux pour notre santé ? Les esprits étaient-ils d'accord avec tout cela ?

Hadda a allumé une bougie blanche et me l'a donnée. C'était notre unique source de lumière.

Debout à côté d'elle, très près de son corps grand et chaud, je l'ai vue faire, j'ai suivi avec attention toutes les étapes pour préparer cette soupe de la campagne, la hsoua, que j'aimais beaucoup et que ma mère, avant, réussissait merveilleusement bien. Hadda avait-elle été envoyée par ma mère ? La connaissait-elle ? Était-elle de son côté ? Savait-elle où elle se trouvait maintenant ?

Il était inutile de lui poser ces questions. Elle ne parle pas, Hadda. C'est ainsi. C'est la règle.

J'ai rapproché la lumière d'elle et j'ai vu la magie se produire.

Hadda a mis de l'eau, beaucoup d'eau, dans une gamelle, de l'huile d'olive, du sel, du poivre, un peu de thym, un peu de coriandre fraîche, quatre grandes tomates coupées en gros morceaux. Elle a mélangé le tout et a mis la gamelle sur le feu. Un peu plus tard, elle a rajouté dix grandes poignées de semoule de couscous fin. Elle a de nouveau mélangé tous ces ingrédients, a remis le couvercle sur la gamelle et a baissé le feu. Nous avons attendu un peu plus d'un quart d'heure à côté de la gamelle qui bouillait. Elle s'est assise par terre et elle m'a mis dans son giron. J'avais toujours la bougie blanche à la main. Hadda me traitait comme un bébé. Elle m'a entouré de ses bras et elle a même chanté pour moi une berceuse.

Dors, dors, petit enfant.
Dors, bientôt notre dîner sera prêt.
Dors, dors, petit enfant.
Si notre dîner n'est pas cuit,
Celui des voisins le sera.
Et tu mangeras.
Et tu dormiras.
Dors, dors, petit enfant.

Dors...

Deux minutes avant la fin de la cuisson, Hadda a rajouté dans la gamelle deux grandes cuillers de beurre rance. Puis elle a éteint et elle m'a servi un grand bol de sa hsoua. Elle était bonne, délicieuse, divine. J'ai fini le premier bol assez rapidement. Hadda m'en a servi un deuxième, puis un troisième. Elle, elle ne mangeait pas, elle ne pouvait pas, elle n'avait pas le droit. Elle ne faisait que me regarder et, par ses yeux, me rappeler toutes les étapes pour préparer la hsoua au beurre rance.

Hadda savait sans doute qu'il était toujours dangereux pour un enfant de dormir le ventre vide. Depuis longtemps déjà, je n'étais plus un enfant. Dans le rêve avec Hadda, un goût de l'enfance m'est revenu. Une saveur qui me venait de ma mère allait désormais être liée à cette femme noire et sans voix.

Durant presque toute la nuit, le rêve n'était que cela, cette leçon de cuisine, ce lien par la nourriture, ce rapprochement inédit, corps contre corps et, au milieu, une petite bougie. Le bien encore possible. La gourmandise sans fin. Mon ventre qui ne cesse de gonfler. Qui va bientôt exploser. Et Hadda qui n'arrêtait pas de me resservir. Encore et encore. Et encore.

Le rêve enfantin qui se rapproche petit à petit de l'enfer.

Heureusement, je me suis réveillé avant qu'il ne soit trop tard. Loin du cauchemar. Hadda avait quitté la cuisine mais l'odeur de sa soupe remplissait tout l'air dans notre maison. Mon père, dans la pièce à côté, dormait profondément, il ronflait fort, très fort. Rêvait-il lui aussi de Hadda ?

Tout seul dans le noir, j'ai commencé à répéter le nom de la soupe pour mieux garder en moi son secret. Hsoua, Hsoua. Hsoua... Et, juste au moment où j'allais de nouveau me rendormir, j'ai dit Hadda. J'ai appelé Hadda.

Elle est alors apparue, devant moi, nue, noire et nue, un bol de hsoua à la main. Je croyais que j'étais en train de rêver. Mais, non, non, je ne rêvais pas. Hadda était bien là, dans ma chambre, silencieuse, aimante, grande et petite à la fois. Servante à la place de ma mère. Femme à la place de ma mère.

Non, je n'étais pas dans les rêves. Hadda n'était pas une fiction nocturne. Elle avait bien fait le voyage jusqu'à moi cette nuit-là.

J'ai continué à l'appeler. J'avais de nouveau faim.

Jeudi

Combien de temps avons-nous passé à attendre le passage de Hassan II ? Deux heures ? Trois heures ? Je ne m'en souviens pas. J'ai beau chercher dans ma mémoire, aucune réponse ne me vient. En vérité, écrasés par la foule exaspérante des grands jours, ennuyés d'entendre pour la millième fois des chants patriotiques sans aucun sens, sans saveur, nous l'avons vite oublié, Hassan II. On parlait de lui, mais on ne cherchait pas vraiment à le voir. Khalid posait des questions, inventait des jeux autour du Roi. Au début. Puis nous sommes passés à autre chose. Nous avons parlé de nous, encore une fois, de nous longuement. Moi, lui. Lui, moi. J'ai ouvert ma bouche. J'ai ouvert ma gueule et mes yeux. J'ai ouvert mes entrailles. Je suis allé chercher Khalid au fond de lui, là où il ne se connaissait pas lui-même encore. J'ai parlé. Je l'ai fait parler. Il a joué avec moi. Il a ri et pleuré avec moi. Pendant des heures.

C'était jeudi sans le goût du jeudi. Le Jour du Roi. Sans le Roi.

Nous devions garder le silence. Montrer notre respect. Croire tous les deux en les mêmes valeurs. Rejoindre le peuple marocain uni et fier qui attend son roi. Nous avons fait l'inverse. Malgré nous. Nous avons suivi un autre dieu, un autre maître, un autre diable.

Nous avons discuté de tout et de rien, sans nous arrêter, en nous éloignant de plus en plus des autres. Nous avons fui. Nous n'avons pas vu Hassan II ce jour-là. Nous étions ailleurs, dangereusement libres.

Nous parlions.

« Hassan II ?

— Oui, Omar. Il est né quand ?

— 1925.

— Non.

— 1920 ?

— Non. Honte à toi.

— 1900 alors ?

— Honte à toi, deux fois, trois fois...

— Laisse-moi encore une chance, Khalid... Tu es mon ami après tout..

— Pas de deuxième chance, ça n'existe pas...

— J'ai perdu ? Définitivement ?

— Perdu... Tu es marocain ?

— Oui.

— Tu ne l'es plus.

— Qui est ton roi ?
— Hassan II.
— Il n'est plus ton roi.
— C'est possible, ça ?
— Oui.
— Qui suis-je, Khalid ? Dis-le-moi.
— Tu as perdu, Omar.
— Tout perdu ?
— Il est né en 1929.
— Ah !
— Tu le savais ?
— Non… On ne me l'a jamais appris.
— Ce n'est pas possible, ça.
— Je ne mens pas.
— Tu n'es plus mon ami, Omar.
— Qui es-tu ?
— Ne discute pas trop… Le mois, maintenant… En quel mois il est né, Hassan II ?
— C'est un mois d'été, je le sais…
— Lequel ?
— L'été… Au début de l'été, c'est ça ?
— Quel mois ? Vite… Vite… C'est bientôt la fin… Vite… Vite, Omar…
— La fin pour moi ? La fin de l'interrogatoire ? De ce cauchemar ?
— La fin tout court… Vite… Sauve ta peau… Il est né en quel mois, le Roi ?
— Je le sais, mais je n'en suis pas sûr…

— Tu sais ou tu ne sais pas ?

— Je sais, Khalid, je sais.

— Dis.

— Je sais et j'ai peur.

— Dis.

— Je peux crier.

— La réponse d'abord.

— Je préfère crier d'abord... Cela m'aidera à me déterminer... D'abord le cri.

— La réponse... La réponse d'abord...

— La réponse !

— Dis.

— Je viens... Elle vient... Elle vient, Khalid...

— Venez tous les deux en même temps... Vite... Omar, vite...

— Vite !

— Le mois du Roi ! C'est la fin. Vite. La fin dans cinq secondes.

— Cinq secondes !

— Cinq... Quatre... Trois...

— Trois.

— ... Deux... Un...

— Juin.

— Faux.

— Faux !

— Emmenez-le.

— Ce n'est pas ma faute.

— Tu ne te réveilleras plus jamais. C'est ça ta sentence.

— Il est terrible, ce jeu, Khalid. Tu es impitoyable. »

Nous avions franchi les limites. Nous avancions de plus en plus loin dans la parole libre, indiscrète. La foule autour de nous ne signifiait plus rien pour nous. Son silence comme ses bruits ne nous concernaient plus. La foule, ce n'était pas nous. Elle ne pouvait pas comprendre le délire dans lequel et à partir duquel nous déclarions notre indépendance. Nous nous éloignions d'elle, de plus en plus.

« Il fait beau ce matin, Omar.

— Normal. C'est le Jour du Roi… *Re-Animator* est toujours à l'affiche au cinéma An-Nasr, tu sais.

— C'est un film d'horreur.

— Je crois… Un homme qui réveille les morts.

— Mais lui, il est vivant ?

— Je ne sais pas.

— J'ai peur des films d'horreur.

— Je serai avec toi, Khalid… Tu ne seras pas seul, petit bébé…

— Moque-toi de moi, salaud…

— Demain, c'est changement de programme au cinéma An-Nasr.

— Donc… ?

— Il faut aller le voir cet après-midi ou jamais.

— Après le passage du cortège de Hassan II alors…

— C'est oui ?

— On aura le temps de tout faire d'ici là ? Tu sais qu'on nous attend au collège…

— Tu veux dire que c'est toi qu'on attend… Ce sera ta fête à toi, Khalid… Tu seras le roi…

— Tu n'es pas heureux pour moi, Omar ?

— Tu ne me l'avais pas dit… J'avais honte devant les autres… J'ai appris la nouvelle en même temps que les autres… J'avais honte de moi… Pourquoi tu ne me l'as pas dit avant ? Pourquoi ?

— Je… Je… Je ne pouvais pas… Je n'étais pas sûr… Ce n'était pas encore sûr, pas encore officiel…

— J'avais honte de notre amitié.

— Je te le jure, Omar, je dis la vérité…

— Tu es mon ami ? Toujours mon ami ? On a déjà tout… tout fait ensemble… même baiser ensemble…

— Ça s'appelle faire l'amour.

— Je ne suis pas délicat comme toi, moi.

— Ce n'est pas ce que je voulais dire.

— Réponds… Réponds, Khalid…

— À quoi ? À quelle question ?

— Ne fais pas l'idiot.

— Oui.

— Je suis toujours ton ami ?

— Oui... Oui... Mon unique ami... Omar, tu es mon unique ami... Tu es content ?

— Alors, cet après-midi, tu viendras avec moi voir *Re-Animator*.

— D'accord. D'accord... Ne pleure pas...

— Je ne pleure pas.

— On dirait pourtant...

— J'ai rêvé de toi cette nuit... Encore une fois...

— On faisait l'amour ?

— Non, Monsieur Khalid... Non... Tu me faisais un interrogatoire.

— Un interrogatoire musclé, j'espère...

— Tu m'interrogeais. Tu me torturais... Pour de vrai...

— Et tu pleurais, c'est ça ?

— Non.

— On pleurera cet après-midi alors... tous les deux... en regardant ton film d'horreur...

— Sur l'affiche, l'acteur principal porte des lunettes.

— Et alors ?

— Comme toi, avant.

— Viens, viens... Il faut qu'on se dépêche... Hassan II ne va pas tarder à passer...

— Tu te trompes... On va attendre longtemps avant qu'il ne passe...

— Tu l'as déjà vu, Omar ?

— Plusieurs fois... De loin... J'ai crié son nom comme les autres... Vive le Roi ! Vive le Roi !

— Tu as oublié ta vengeance ?

— De quoi tu parles ? »

Un groupe de musiciens berbères est soudain apparu devant nous. Ils avaient l'air dangereux, très dangereux même, mais ils jouaient merveilleusement bien tout un répertoire du folklore du Sud marocain. Ils étaient les seuls à ne pas répéter encore et encore les mêmes chansons insipides qui glorifient le Roi et ennuient immédiatement. Ils étaient tous noirs, ces musiciens. Absolument noirs. Et leur musique, fascinante, nous a obligés, Khalid et moi, à suspendre notre dialogue et à les écouter un bon moment.

« Hadda est partie.

— Hadda qui ? Ta cousine ?

— Non, Hadda, la bonne noire. Notre bonne noire… Ta préférée…

— Ah !

— Tu te souviens d'elle ?

— Bien sûr. Comment oublier Hadda ? Impossible. C'est elle qui m'a ouvert hier la porte de chez toi... Pourquoi est-elle partie ? Pourquoi ? On ne va plus la voir ?

— On ne sait pas. Elle a pris toutes ses affaires et elle a disparu. Peut-être qu'elle est revenue chez elle.

— Où ça, chez elle ?

— Je ne le sais pas. D'où viennent les Noirs, d'habitude ?

— Je ne sais pas, moi... À toi de me le dire, Monsieur Khalid.

— Du Sud. De l'Afrique. De l'Afrique noire.

— C'est vague, l'Afrique noire. De quel pays exactement ? Le Mali ? Le Soudan ?

— Peut-être.

— Tu crois que Hadda vient du Soudan ?

— Peut-être... Ma mère a dit ce matin qu'elle lui a volé des bagues en partant.

— Je ne te crois pas, Khalid.

— Elle va même aller aujourd'hui au commissariat pour porter plainte.

— Pauvre Hadda... Les riches n'ont pas de cœur.

— Tu te trompes, Omar

— Tu l'aimais un peu, j'espère ?

— Je ne me suis jamais posé la question. Elle était une bonne parmi tant d'autres à la maison. Je ne la voyais pas si souvent que ça.

— Elles sont toutes noires, les bonnes, chez vous ?

— Oui, toutes. C'est une tradition familiale.

— Elle ne te manquera pas, alors... ?

— Je ne vois pas pourquoi elle me manquerait.

— Tu es dur, très dur, Khalid. Tu as déjà effacé de ta mémoire les moments qu'on a passés avec elle ?

— Tu veux dire les deux fois qu'on a essayé de lui apprendre à écrire ?

— Oui.

— Cela a été un désastre.

— Elle ne te manquera pas ?

— Elle manquera sûrement à mon père. Elle était proche de lui ces derniers temps.

— Et ta mère va vraiment porter plainte contre elle ?

— Ma mère a l'habitude. Elle dit : "Elles sont toutes les mêmes... mal élevées... têtues... Des voleuses... Des..."

— Des putes.

— Oui, c'est ça.

— Hadda était une pute, elle aussi ?

— Probablement.

— Qu'est-ce que cela veut dire, Khalid ?

— Je n'aime pas les putes.

— Moi, oui.

— Tu aimes les putes ? Tu en connais ?

— Je devrais ?

— Tu en connais donc ?

— On change de sujet, Khalid, s'il te plaît...

— On parle de ta mère... Elle est revenue ?

— Elle ne reviendra pas.

— Où est-elle partie ?

— À Azemmour.

— Ce n'est pas loin, Azemmour.

— Azemmour, c'est le pays des...

— Au sud de Casablanca...

— ... le pays des...

— ... des putes, Omar... Dis-le...

— Toi aussi... Même toi, tu le sais ?

— Je vis au Maroc, comme toi mon ami.

— Toutes les femmes viennent-elles d'Azemmour ?

— Elles finissent par y disparaître en tout cas.

— C'est une légende ?

— Il n'y a que ça au Maroc. C'est notre vie, Omar.

— Notre patrimoine.

— Ne te moque pas... Les flics ne sont pas loin, ils pourraient nous arrêter...

— Tu as peur, Khalid ?

— C'est toi qui devrais avoir peur.

— J'avais peur... Mais, depuis hier après-midi, je n'ai plus peur. Tu vas me la payer, ta trahison.

— Tu me menaces ? Tu sais que je suis protégé.

— Oui. Par moi.

— Entre autres, par toi, je dois l'avouer.

— Et tu aimes que je te protège ?

— J'aime, oui… J'aime ça… Protège-moi, Omar, encore et encore…

— Je peux te toucher les oreilles ?

— Pourquoi ? Vas-y !

— J'aime tes petites oreilles.

— Elles n'ont pas encore fini de grandir… Aïe… Aïe… Tu me fais mal… Tu me fais mal…

— C'est bien…

— Méchant Omar, va…

— Oui, je suis méchant. Omar le méchant.

— Laisse-moi te faire la même chose.

— Vas-y, Monsieur Khalid… Pas trop mal, sinon je te fais un scandale au milieu de cette foule qui attend Hassan II… Vas-y doucement…

— Elles sont douces, tes oreilles… Tu es devenu doux, Omar ?

— Je vais cesser de l'être. Là, maintenant. Tout de suite.

— Mais pourquoi ?

— Je vais me venger. Je vais venger Hadda du déshonneur que ta mère a jeté sur elle en prétendant qu'elle lui avait volé des bijoux.

— Hadda, encore ?!

— Je vais me venger de tout le mal que tu me fais. Je vais me venger.

— De moi ? Ici ? Quand on ira chez les putes d'Azemmour ?

— Je vais me venger.

— Là, tout de suite ? Après le passage de Hassan II ? »

« Tu as bien pissé, Omar ?

— Quoi ?

— Hier... Ce matin... Tu as bien pissé ?

— Quoi ?

— On dirait que tu as oublié. Tu m'as déjà raconté toute l'histoire... N'aie pas honte... Ton père... Le remède miracle. Pisser sur soi pour guérir les blessures.

— Je t'ai raconté, moi, tout cela... Ce secret... Quand ?

— Dès notre première rencontre. Tu ne t'en souviens vraiment pas ?

— Non, Khalid.

— Non ?

— Non.

— Ce n'est pas grave. Comment va la blessure de ton mollet ? Tu as bien pissé sur elle, hier ? Et ce matin ? Tu as bien pissé, comme ton père t'a dit de faire ?

— Non... Oui... Je l'ai fait. Enfin, pas vraiment. Mais

je n'avais pas assez de pisse. Je ne sais pas si je l'ai fait comme il se doit. Ce matin, c'était pareil, je n'arrivais vraiment pas à pisser, quelques gouttes seulement.

— Montre-moi ta blessure... Ton père a raison, tu sais. La pisse est un très bon antiseptique.

— Anti... quoi ?

— Pour désinfecter les blessures, il n'y a rien de mieux.

— Merci, Monsieur le riche.

— Arrête de jouer au pauvre et montre ta blessure.

— Baisse-toi et regarde de près... Vas-y...

— C'est mauvais. Tu déconnes, Omar. Il fallait vraiment que tu pisses régulièrement sur ta blessure. Elle s'est infectée, maintenant... Il y a du sang mélangé avec du pus...

— C'est grave, docteur ?

— Ne plaisante pas. Je suis sérieux. Il faut intervenir. Tout de suite.

— Je t'ai déjà dit que j'ai un problème, je n'arrive pas à pisser depuis hier.

— Il faut faire quelque chose.

— Quoi ?

— Je ne sais pas... Moi... Je peux pisser sur toi ?

— Avec plaisir, Monsieur Khalid.

— Je ne plaisante pas.

— Moi non plus.

— Alors, suis-moi. On va s'éloigner de cette foule effrayante.

— Pour aller où ?

— Il y a bien une petite forêt de l'autre côté de la route, non ?

— Ce n'est pas une petite forêt.

— Je sais, je sais… C'est le début de la Mamora, la plus grande forêt du Maroc.

— Allons-y.

— Allons-y.

— Fais attention en traversant la route, Khalid.

— Ne crains rien. Elle est coupée, fermée, la route, aujourd'hui. Personne ne passe.

— Tant mieux.

— Suis-moi.

— Vas-y… »

Un peu plus tard, à l'intérieur de cette forêt noire dont nous ne connaissions qu'un petit bout, Khalid a eu une idée surprenante. Il oubliait visiblement, de plus en plus, qui il était et surtout qui était son père. La forêt juste devant nous, proche, très proche, la foule derrière nous, abandonnée, nous avons repris notre conversation à la fois sérieuse et folle. Et, cette fois-ci, c'était moi qui avais du mal à suivre, à être à la hauteur.

« Et si on trouvait une prostituée pour ton père ?
— Aujourd'hui ?
— Pourquoi pas ?
— Mais où, Khalid ?
— On m'a parlé d'un village, Douar Dbaba.
— Je connais.
— Tu y as déjà été ?
— Oui, oui. Il y a longtemps. Pas seul. Mais je n'ai rien fait. Les prostituées y étaient trop vieilles, trop sales... Elles puaient le mauvais alcool.
— Il est où ce village, Douar Dbaba ?
— Derrière le village de Al-Karya.
— Qui se trouve où ?
— Quelque part sur la route de Fès.
— Qui est celle qui mène à l'aéroport... C'est-à-dire la route au bord de laquelle nous étions en train d'attendre Hassan II.
— Oui, oui...
— Donc, Douar Dbaba se trouve derrière le village de Al-Karya qui, lui, est situé quelque part sur cette route.
— C'est exact, Khalid.
— Et ce village Al-Karya, est-il loin d'ici ?
— Non. Juste en face de l'aéroport... Je dirais... que...
— Tu es sûr ?
— À peu près sûr... Il n'y a pas si longtemps, j'y suis allé pour aider un cousin à retrouver un dealer de hachisch...

— Ne change pas de sujet, Omar.

— Une pute pour mon père, donc...

— Donc...

— Je suis d'accord, Khalid.

— On va à ce Douar Dbaba ? Tu m'y emmènes ?

— C'est risqué.

— Pourquoi ?

— Les gens comme toi, là-bas... C'est risqué... Tu es trop propre, ils vont vite te remarquer... Je ne veux pas qu'il t'arrive du mal... Ils sont un peu dangereux là-bas, tu sais...

— Tu seras avec moi. Tu me protégeras. Comme toujours. Tu es fort. Tu feras le fort.

— Douar Dbaba, c'est pas simple. Et en plus des prostituées, il y a les maquereaux, les dealers de drogue... Les fous... Des assassins aussi... Les voleurs d'enfants...

— Tu n'arriveras pas à me faire peur. Je veux y aller. Je le veux. Tu m'entends ?

— Tu es sûr que c'est pour mon père qu'on ira chercher une prostituée dans ce Douar Dbaba ?

— Je n'en ai jamais vu.

— Quoi ?

— Pour de vrai, je veux dire.

— Khalid...

— Je le veux... Je le veux... Je l'exige...

— Khalid, écoute-moi, ce n'est pas le bon jour.

— Pourquoi ?

— Mon père est triste, trop triste. Il ne veut pas de prostituée. Il n'est même pas capable de marcher. Ce qu'il veut, c'est ma mère. Personne d'autre.

— Elle va revenir, ta mère ?

— Je ne crois pas. Elle est partie... pour toujours... cette fois-ci. Je passerai désormais ma vie avec mon père. Seul avec mon père. À m'occuper de lui. Homme à homme. Je serai la femme de mon père.

— Tu seras parfait dans ce rôle.

— Ne plaisante pas avec ça.

— Tu es triste ? Ne sois pas triste, mon petit Omar.

— Je ne le suis pas... Je le suis... Un peu...

— Oh ! Non...

— Si...

— On oublie cette histoire de prostituée alors ?

— J'ai mieux à te proposer... Beaucoup mieux...

— Quoi ? Quoi ? Dis... Dis...

— Tu as des ciseaux sur toi, dans ton petit sac ?

— Oui.

— Tu vas voir ce qu'on va faire.

— Quoi ? Quand ? Où ?

— Éloignons-nous de cette route... On va avancer un peu plus dans la forêt... Viens... Viens... Au milieu de la forêt... On sera libres... Libres et nus.

— Nus !

— Oui, nus, tous les deux... Comme dans ta chambre, Khalid.

— Tu n'es plus triste ?
— Je suis avec toi.
— Je suis avec toi. »

L'heure de la vengeance avait sonné. La forêt n'était plus la forêt. Je n'étais plus dans la peur. Khalid devait payer un jour ou l'autre. Écouter du moins tout ce que j'avais de haineux dans mon cœur contre lui. Contre son nom. Contre ses origines. Nous étions toujours frères, lui et moi, plus frères que jamais, mais cela n'empêchait pas la guerre d'être à un moment ou l'autre déclarée, d'être menée jusqu'au bout.

« Qui est Hassan II ?

— Voyons, Omar... Ne fais pas trop l'imbécile.

— Je suis sérieux. Qui est Hassan II ?

— Mais arrête... C'est le Roi. Le ROI. Arrête avec tes conneries.

— Je veux dire : qui est-il en dehors de sa fonction de roi ?

— Qui peut le savoir ?

— Toi, Khalid… Toi, tu vas le savoir puisque tu auras demain la possibilité de le rencontrer… Et même de lui baiser la main.

— Tu crois que c'est ça qui va me permettre de le connaître vraiment ?

— Tu es intelligent, Khalid. Tu sauras deviner ce qu'il cache. Tu sauras lui voler certains de ses secrets. Et me les raconter.

— J'aurai surtout peur quand je serai devant lui. Je crois que je n'oserai même pas le regarder.

— Tu es riche. Il est riche. Tu le regarderas. Tu n'auras pas peur. J'en suis sûr.

— C'est le Roi. Le Roi. On dirait que tu l'as oublié.

— Le Roi, oui. Je ne l'ai pas oublié. Mais je ne le connais pas. Je ne connais de lui que ce qu'on veut bien nous donner à voir. Une image.

— Une image.

— Le père. Tu le considères comme ton père, Hassan II ?

— Je te signale que je vais lui baiser les mains demain.

— Tu n'as pas le choix.

— Qu'est-ce que tu veux, Omar ? Où veux-tu en venir avec cette discussion subversive ?

— Tu as peur ?

— Je suis Khalid, le fils de Hamid El-Roule. Je n'ai pas peur.

— Tu veux dire que même la forêt où nous nous trouvons maintenant ne te fait pas peur ?

— Si, un peu. Je parlais d'avoir peur de Hassan II. Je n'ai pas peur de lui. J'ai peur d'être devant lui. C'est différent.

— C'est toute la différence entre nous.

— Ce qui veut dire ?

— Je suis jaloux.

— Jaloux ?

— Non, non, pas jaloux. Je me trompe… En colère. Je suis en colère.

— En colère, là, maintenant ?

— En colère depuis hier au collège. En colère de nouveau depuis qu'on est arrivés dans cette forêt.

— En colère contre moi ?

— Oui…

— Tu n'aimes pas, ici ? Tu veux qu'on retourne attendre Hassan II au bord de la route ?

— Je n'arrive toujours pas à croire que tu ne m'aies rien dit.

— À propos du Roi ? Je ne le connais pas plus que toi.

— Tu ne m'avais rien dit sur ton invitation au palais royal… Je l'ai appris comme tout le monde de la bouche de ce sale type de directeur du collège… Comme n'importe qui. J'étais n'importe qui. Je croyais être spécial dans cette amitié avec toi. Spécial par cette amitié, par ce lien. Notre double culture sensuelle. Je me trompais visiblement. Par ton silence, tu m'as remis à ma place. Non seulement tu es officiellement le meilleur élève, mais en plus je ne devais pas le savoir avant les autres.

— Tu me connais, Omar, je suis un peu superstitieux, un peu bizarre.

— Pas plus que moi.

— Non, non, je le suis beaucoup plus que toi.

— Ne joue pas avec moi. Laisse-moi au moins vider mon sac. Dire mon amertume et ma colère.

— Je ne comprends pas.

— Moi, je te comprends, Khalid. Je comprends ce qui t'a poussé à ne rien dire. Ce n'était ni la peur ni la superstition. C'était... C'est... Depuis le début tu n'es pas là, avec nous, avec moi. Dans ce monde. Mon monde. Je croyais être avec toi, vraiment avec toi. Je croyais que tu étais avec moi, vraiment avec moi. Je te racontais tout. Je te disais tout. Pour te plaire, entre autres, je l'admets. Je croyais que tu faisais pareil avec moi. Pas seulement tout me raconter. J'espérais plus. La confiance totale. Le don. On a quand même tout fait ensemble depuis qu'on se connaît. Le sexe, les rêves, les films interdits, les sorciers, la plage de Salé en hiver, le vin bon marché en bouteille de plastique de couleur verte... Tout... Tout... Tout jusqu'à hier, le dernier jour au collège, le dernier jour dans le même monde scolaire. La fin, Khalid, tu l'as rendue moche, tu l'as bousillée par ton secret. Ton stupide secret royal. Tu m'as ignoré, oublié, écarté. Tué. Tu ne m'as même pas regardé, Khalid, tu n'as même pas cherché à me prendre avec toi par les yeux. Non. Tu es resté tout seul dans ta gloire. Tout seul dans ton moment. Égoïste. Égoïste. Tu étais égoïste, Khalid. Et j'étais seul. Seul et à côté de toi. Seul et toujours accroché à toi… Mais tu étais loin, loin, loin avec Hassan II, chez Hassan II. Quoi que je fasse je n'arriverai jamais, moi, à atteindre ça, ce niveau de réussite, être reçu par le Roi… Oui, j'étais jaloux et j'étais prêt à l'oublier, à l'étouffer, cette jalousie, si seulement tu m'avais regardé, si tu avais sifflé doucement dans ma direction comme on le fait parfois dans ta chambre. Un signe que j'existais encore. Que j'avais encore de l'espoir. Que mon avenir serait certes moins glorieux que le tien, mais qu'il était possible de… Rien. Rien. Hier, l'avenir s'est arrêté. Toi, tu t'es envolé. Et moi, j'ai renoncé. J'ai cessé d'aller. Personne ne m'aidera désormais. Ni toi. Ni ma mère, et surtout pas mon père.

— Excuse-moi, Omar. Je ne me rendais pas compte.

— Qui est Hassan II ? C'est une question sérieuse. Qui est Hassan II ?

— Que répondre à ça ? Je n'en sais pas plus que toi. Il fait partie de la dynastie des Alaouites. Il est roi depuis le 3 mars 1961. Il a deux garçons, trois filles… Sûrement des bâtards dont on n'entendra jamais parler…

— Arrête. Ce n'est pas de ce Hassan II-là que je veux parler. Je voudrais que tu me dises plus, ce que je ne sais pas, ce que je ne saurai jamais, ce qu'un pauvre comme moi n'arrivera même pas à deviner de la personnalité et de l'histoire de ce roi. Quelque chose que tu sais par ton père et ses amis importants. Un secret d'État. Une rumeur. Une histoire étrange. Un complot. Un putsch qui se prépare… J'aimerais, moi qui ne verrai jamais de très près le Roi, détenir quelque chose d'incroyable, d'impensable sur lui. Et que cela vienne de toi. Que ce secret partagé avec moi soit ton dernier cadeau pour moi. La preuve que notre amitié restera vivante malgré les années à venir, malgré la séparation qui a commencé hier. Je veux que tu me dises ce que tu sais sur Hassan II. Je le veux. Ne m'oblige pas à te supplier.

— Omar, sois raisonnable. Je n'en sais pas plus que toi sur Hassan II.

— Tu le jures…

— Je n'aime pas jurer.

— Tu vois, Khalid.

— Quoi ?

— Il y a trois mois, presque jour pour jour, ta copine Leïla t'avait raconté qu'elle sortait avec quelqu'un d'autre. Elle était toujours amoureuse de toi mais l'autre garçon avait quand même réussi à la séduire. Au début, cela ne t'avait posé aucun problème. Tu m'as dit : "Je suis moderne." Mais quand tu as appris qui était l'autre, ce n'était plus pareil. L'autre, c'était le fils d'un grand général, un général tellement important dans ce pays, son nom fait peur à tout le monde… Tu te souviens de ta réaction ? De tes larmes ? De ta honte ? De ton impuissance ? Nous étions tous les deux dans ton lit, dans le noir de ta chambre, nous évoquions la fin du monde qui approchait, et soudain tu m'as tout raconté. Tout dit sur l'autre. Sur Leïla qui te filait entre les doigts. Et tu as pleuré. Pas seul. J'étais là. Je ne disais rien. Je ne savais pas quoi dire. Sauf essuyer tes larmes qui ne voulaient pas s'arrêter. Je te comprenais. Tu étais pauvre face au fils du général. Tu étais impuissant face à lui. Tu n'étais plus moderne. Tu n'étais plus fier. Tu te sentais petit. Tu ne l'étais pas. Tu étais toujours grand dans mes yeux. Je t'ai relevé. Je t'ai aimé. Tu te souviens, Khalid, tu te souviens de ce moment ?

— Je me souviens, Omar.

— Tu vois pourquoi je te raconte tout cela ? Tu as compris le lien ?

— J'ai compris, Omar.

— Tu comprends ma réaction par rapport à ton invitation au palais royal ? Ma jalousie ? Ma fureur ? Ma mort ?

— Je crois que oui.

— Tu n'en es pas sûr ?

— Tu as raison, on n'est pas du même monde. Tu as raison, je ne saisis pas tout de toi. Tu as raison, Leïla m'a tué quand elle m'a dit le nom de l'autre… Tu as raison… Tu as raison… Qu'est-ce que je peux dire de plus ?

— Rien. C'est suffisant comme ça.

— Je penserai toujours à toi… Surtout demain devant le Roi…

— Non, s'il te plaît, pas devant le Roi. Il me fait peur. Toi, je sais que tu n'as pas peur de lui. Moi, si. Alors, quand tu entreras dans sa cour, oublie-moi, sors-moi de ta tête, et même de ton cœur. Vis ce moment loin de moi… Demain, ce sera différent pour moi. Tout sera différent… Demain, je deviendrai comme mon père. Par terre.

— Tu parles de plus en plus d'une manière étrange, Omar… Oublie Hassan II.

— Je vois que tu n'as rien compris.

— Il est tellement loin de toi.

— C'est vrai. Et ce n'est pas vrai.

— Il est abstrait.

— Demain, il sera concret pour toi, Khalid.

— Est-ce si important que ça, au fond ?

— Pour moi, oui. Pour toi, rien ne changera. Pour toi, tout a déjà été écrit, merveilleusement bien écrit.

— Je ne suis pas idiot, tu sais… Je t'aiderai, Omar… plus tard… Tu ne seras pas loin… Je ne t'oublierai pas. Je t'aiderai… Je t'aiderai…

— Tu n'as rien compris, Khalid.

— Explique-moi !

— On m'a dit que Hassan II a tout le temps autour de lui des sorciers qui le protègent.

— De quoi ?

— Du mauvais œil, des autres sorciers qui ne l'aiment

pas, des assassins, des comploteurs, des militaires qui le haïssent…

— Et alors ?

— C'est la seule chose que je voudrais que tu vérifies pour moi demain quand tu seras dans la cour du Roi. Vérifier si les sorciers l'entourent bien en permanence. Promis ?

— Si tu veux…

— Promis, Khalid ?

— Promis… On dirait que les rôles se sont inversés aujourd'hui. De nous deux, c'est toi le plus étrange.

— Je ne suis pas étrange, j'ai envie de pleurer.

— Pleure alors…

— Si je pleure, je serai encore plus seul, plus isolé.

— Que faire pour t'aider, Omar ?

— Déshabille-toi. Complètement. »

Nous étions seuls au monde. La forêt nous avait éloignés de tout et, plus ou moins, libérés de tout. Nous étions nus. Nous avions enlevé nos vêtements rapidement. Je connaissais très bien le corps de Khalid. Il connaissait intimement le mien. Il n'y avait aucune gêne entre nous de ce côté-là. Je ne jouais pas au timide. Lui non plus. Un autre jeu, entre nous, allait commencer. Mais ce n'était pas vraiment un jeu. Nous avons vite compris que dans la forêt les jeux n'avaient pas le même sens ni le même goût qu'ailleurs.

« J'ai une idée, Khalid.
— Dis pour voir.
— Ne ris pas de moi.
— Je ne ris pas, Omar... Je ne ris plus...
— C'est une idée un peu folle...
— Dis-la... Je ne rirai pas... Vas-y...

— Et si on changeait de noms ? Je veux dire échanger nos prénoms, juste nos prénoms…

— Je serai Omar à ta place. Tu seras Khalid à ma place. C'est ça ?

— Oui. C'est ça. Exactement ça. On sort de soi.

— C'est tout ?

— C'est pas mal déjà… Tu ne trouves pas ?

— Tu ne m'as pas compris, Omar… Je veux dire, on échange aussi nos personnalités, nos familles, nos amours ?

— Non, non, juste nos prénoms. Je serai Khalid.

— Tu aimes Khalid ?

— C'est un beau prénom. Tu aimes Omar ?

— Je ne connais que toi qui portes ce prénom.

— C'est vrai ?

— Je le jure.

— Merci.

— Je serai Omar.

— Je te le donne.

— Je suis nu.

— Je suis nu aussi.

— On ferme les yeux.

— On ferme les yeux dix secondes. Après, chacun de nous deux sera l'autre. Je deviendrai toi, TU deviendras moi.

— Attends, Omar, attends… Voilà comment ça va se passer. On ferme les yeux. On attend un peu. Puis, les yeux toujours bien fermés, on avance l'un vers l'autre. On se cherche. On se trouve. On se touche. On s'embrasse par la bouche. Et on ouvre les yeux.

— Très bien, Khalid. Vas-y, commence à compter...

— Dix... Neuf... Huit...

— Je viens à toi...

— Viens...

— Je viens...

— ... Cinq... Quatre...

— Où es-tu ?

— Trois... Deux... »

La bouche de Khalid était ma bouche. Elle sentait la cannelle. Qu'avait-il mangé au petit déjeuner ?

Elle était vaste, cette bouche. Elle me prenait tout entier. M'engloutissait.

Je me suis laissé aller. Je suis entré dans la peau de Khalid par cette ouverture.

Je voulais dans cette bouche qui était à moi, qui était moi, retrouver l'origine de la cannelle. Savoir comment elle s'était mélangée aux autres odeurs du corps de Khalid. Découvrir d'où venait le goût de Khalid. Le goût Khalid.

Je le connaissais, ce goût. Enfant propre. Bien parfumé. Bien peigné. Toujours. Enfant pas du Maroc, d'un autre Maroc que je n'étais pas censé rencontrer, croiser. Un goût d'ailleurs. Une publicité tournée à Paris, française, tellement française, vue et revue à la télévision, qui soudain avait une odeur, un goût. Khalid était ce goût inconnu, connu, apprivoisé, aimé de plus en plus.

Mais la cannelle dans sa bouche m'a surpris. La cannelle, c'était moi, pour moi et mon monde. Khalid l'avait volée de moi. Et cette transgression me plaisait. Quelque chose de nous deux était à présent en lui.

La cannelle changeait le goût habituel de Khalid, le rendait encore plus proche, plus accessible, plus appétissant.

J'ai pris sa langue dans ma bouche. Je l'ai sucée, aspirée tout au fond de ma gorge. J'ai joué avec elle. Je me suis battu avec elle : la lutte. J'ai gagné. Elle était mienne. Je l'ai gardée en moi. Elle s'est reposée. Trois secondes, pas plus. Le combat, pour de faux, pour de vrai, a repris. La transformation aussi. L'échange de prénoms. Un film de science-fiction marocain.

La cannelle n'avait pas disparu, bien au contraire. Elle nous enveloppait de l'intérieur tous les deux à présent. Elle se présentait à nous sous plusieurs formes. Une pomme-cannelle. Une infusion de cannelle. Un couscous à la cannelle. Un film indien avec de la cannelle. De l'encens à base de cannelle. De la drogue avec un soupçon de cannelle.

J'en ai bu. J'en ai respiré. J'en ai croqué. Mangé. J'en ai aimé.

Khalid abandonnait, s'abandonnait. Son essence. Sa peau. Son âme. Khalid était à moi.

Il s'enfonçait dans ma bouche. Je continuais de voyager dans la sienne. Des voies. Des ruelles. De l'obscurité. Des lumières, rares.

J'étais devenu un sorcier : le fils de Bouhaydoura.

Khalid avait été l'arbre et l'écorce. Il était maintenant uniquement l'écorce. J'étais l'arbre.

Je suis Khalid. Goût cannelle. Couleur cannelle.

J'ai posé une question. « Tu as mangé quelque chose avec de la cannelle ce matin ? »

Alors qu'il était encore dans ma peau, il a répondu pour moi.

« Non. Je n'aime pas la cannelle. »

Aïn Houala. Un nom terrible pour désigner plusieurs choses à la fois. Un monde obscur entre Rabat et Salé. Un petit bout d'une longue route, une petite partie d'une forêt sombre et sans limites qui avance vers Salé pour l'engloutir.

Aïn Houala est aussi une voie entre deux collines. Quand on y arrive à pied on se trouve brusquement en haut de la colline. Une force invisible vous pousse. Vous ne pouvez plus rien faire, impossible de résister. On est aspiré vers le bas, vers le cœur de cette route infernale. On tombe. On tombe de plus en plus. Une chute interminable.

Il y a une source d'eau introuvable. Et des moutons égarés, sans maître, sans chien pour les garder.

À Aïn Houala on est des possédés. Puis des criminels.

À Aïn Houala il y a du sang frais, sec. Des voix. Des cris. Des assassins au travail. Ils vous attrapent, enfant, adolescent, vous amènent ici, sur cette route vide, et vous vident de votre sang: ils le mettent, ce sang, dans des bidons d'huile Cristal. Et ils le vendent aux sorciers et aux médecins. Le sang et l'huile de tournesol, mélange infernal.

De Aïn Houala je ne connaissais que la légende. Le mal qui vient de l'autre côté, des collines de Rabat en face. De plus loin. Le cœur noir du Maroc. Et la peur. La peur absolue. Fabriquée autour de celles de l'enfance et de l'ignorance. Des peurs fictives. Pas celles dont on a besoin, non, je parle des peurs qui, au lieu d'ouvrir l'imaginaire à l'Océan, l'enferment dans des boîtes sans clé. La peur des maîtres, la peur sans visage. La peur qui vient du ciel obscur. De la mort quotidienne. Non la mort naturelle mais plutôt la mort comme menace permanente, visible, respirable, une arme braquée sur moi, nous, tout un peuple. La mort sans apaisement. La mort dès le départ.

De Aïn Houala je n'avais que le goût et les avertissements de ma mère:

« Ne va jamais à Aïn Houala! Ne va jamais à Aïn Houala! C'est loin de tout. Tu ne sauras pas revenir. Tu ne sauras pas trouver le chemin de ta vie. N'y va jamais. Jamais. Tu m'entends? Tu m'as entendu? »

Je l'ai entendue, ma mère. Je l'ai respecté, cet avertissement.

Jusqu'à aujourd'hui avec Khalid dans la forêt.

Nous étions toujours nus. Il était presque seize heures. Le muezzin au loin appelait les bons musulmans à la prière.

J'ai ouvert les yeux le premier.

Je n'étais pas Khalid. Je ne pouvais pas être Khalid. Je ne pouvais pas changer de peau. C'était impossible.

J'ai tendu la main vers Khalid. J'ai touché son nez, son joli nez, et j'ai parlé. De Aïn Houala à quelques mètres de nous. De la falaise. De l'abîme. Du fleuve quelque part après la forêt. De la poubelle des Américains que j'avais rêvé de découvrir un jour. Un autre mythe pour les pauvres.

Khalid était encore en moi, dans ma peau.

J'ai parlé. J'ai continué à parler…

« N'ouvre pas les yeux, n'ouvre pas les yeux. Reprends ton prénom d'abord ! Reprends-le ! »

Il m'a surpris par sa réponse.

« Je vais les garder fermés, d'accord, d'accord… Mais avant de retrouver mon prénom, Khalid, je veux dire le monde à partir de toi, de ton prénom. »

Je l'ai écouté.

« Je vois ta mère. Je suis toi. Je suis avec elle au hammam. Le hammam du quartier. Il est vide. Il est encore tôt. Le soleil ne s'est pas encore levé. A-t-il oublié de se lever ?

On attend tous les deux dans la salle la plus chaude, là où trône la vasque pour l'eau bouillante. Mais il n'y a pas d'eau chaude. Il n'y a plus d'eau chaude.

Elle dit : "Omar, va voir pourquoi l'eau chaude n'arrive plus… Demande à l'entrée…"

Je dis : “Je ne veux pas te quitter, maman. On ne me laissera pas entrer de nouveau au hammam. Je veux rester avec toi. C’est la dernière fois. Je suis avec toi jusqu’au bout.”

Elle dit : “Il fait froid dans ce hammam. On a besoin d’eau chaude, très chaude. Il faut de la vapeur. La vasque est vide…”

Je dis : “Ce n’est pas grave. Je me collerai à toi. Je te réchaufferai. Tu me réchaufferas. On sera l’un pour l’autre. Moi pour toi. Toi pour moi.”

Elle crie : “On va tomber malades. Le froid n’est pas bon, tu le sais… C’est la source de tous les maux… Tu as oublié ?”

Ma tête est dans son giron.

Je réponds, doux : “Je n’ai rien oublié. Mais je ne veux pas être chassé, écarté d’ici. C’est notre monde. Et pour une fois, on est seuls… Que toi et moi…”

Elle garde ma tête sur ses jambes mais elle crie encore : “Tu es fou… Tu n’as plus l’âge de venir au hammam avec moi… Tu es grand, tu as dépassé depuis longtemps la limite… Tu n’es plus un enfant…”

Je crie à mon tour : “Je suis quoi alors ? Qui ? Un homme ? Non. Non.”

Elle se lève. Ma tête tombe sur le sol. J’ai mal. Je suis blessé. Le sang coule. Il n’y a pas de soleil.

Ma mère est debout devant moi. J’ai horriblement mal. Je la regarde, je m’accroche à elle. À son corps nu.

Je souffre. Je n'ai pas peur.

Elle s'apprête à partir. À m'abandonner.

Je crie : “Maman… Le sang… Le sang…”

Elle se retourne. Me jette un regard dur. Elle me tue.

Elle quitte la salle la plus chaude. Elle s'est éloignée. D'une autre voix qui rit, je l'entends dire : “Je ne suis pas ta mère. Je suis Hadda. Bientôt voyante. Bientôt sorcière. Je ne suis pas ta mère. Je n'ai ni sa peau ni son souffle… Ni ses origines… Je pars… Je fuis… Moi aussi…”

Je vois ta mère. Elle s'appelle Hadda.

Mon sang coule toujours. J'ai froid. L'eau chaude n'est toujours pas là. Je suis au hammam des femmes. Je souris. À qui ? À toi ? À moi ?

Je te vois. Tu n'es pas moi. Tu n'es pas mort. Dans le noir du hammam je sens ton odeur. Elle s'approche. Elle vient. Tu ne t'es pas lavé depuis plusieurs jours. Une semaine ? Deux semaines ? Ce n'est pas grave. Ton odeur âcre n'est pas désagréable. Tu avances vers moi de plus en plus. Je t'attends. Je me relève. J'ouvre les yeux : c'est toi ! Tu ne me ressembles pas. Mais je t'aime. Je me retrouve. Mon prénom d'avant est de nouveau à moi, d'une autre manière à moi : tu y as laissé ta trace, ta respiration, tes origines. Cela me surprend. Cela ne me dérange pas. Je l'accueille en moi.

Dans ce hammam pas à nous, tu me laves. Tu m'astiques. Tu me rends propre et autre. Tu t'occupes de moi. Tu me prends en charge. Tu me portes.

L'eau chaude vient. La vapeur est là. Les nuages sont là.

Tu es là. Omar.

Je ferme les yeux.

Je murmure : "Pardon ! Pardon ! Je t'ai déçu. Je t'ai trahi. J'aurais dû te dire que j'allais être reçu par le Roi... Pardon... Pardon..."

Tu m'as entendu ? »

Khalid était de nouveau Khalid. Petit à petit Khalid. Sans ouvrir les yeux. Nu comme moi. Pas complètement nu comme moi.

C'est là que je l'ai vue, que je m'en suis vraiment rendu compte : la différence entre nous. La différence même dans la nudité. La différence inscrite dans la peau.

La peau de Khalid était plus belle, bien sûr. Blanche, bien sûr. Douce, je le savais. D'où venait-elle, cette peau ? Après quel voyage ? De quelle partie du monde ? En quoi était-elle marocaine, musulmane ? Le soleil l'aimait-il ? Où a-t-elle commencé ?

J'ai ouvert les yeux le premier. Serein, soulagé de me retrouver. J'ai admiré un moment le monde de l'autre côté de la route, la forêt sombre, le soleil encore fort derrière, le silence au loin après le passage du cortège de Hassan II, Khalid nu, moi nu, quelque part près de la falaise.

J'ai dit : « Khalid, Khalid, reviens, reviens. Le monde est heureux ! »

Heureux ? Le pensais-je réellement ?

Il a ouvert l'œil droit. Puis l'œil gauche. Et il a répondu : « C'est moi ? Khalid ? »

Je l'ai rassuré : « Oui, oui, toi, Khalid… »

Il avait peur : « Complètement moi ? »

Je ne pouvais pas répondre à sa place à cette question. Mais je l'ai rassuré quand même : « Je peux en témoigner. Oui. C'est toi. De plus en plus toi. »

Il a alors souri : « Je suis moi… avec encore en moi… un goût de toi… »

Ce sourire était nouveau. Je n'avais jamais vu Khalid sourire comme ça auparavant.

Ce sourire lui allait si bien mais ne lui appartenait pas. Était-ce le mien ?

Khalid avait plus de poils que moi, surtout sous les bras et sur les jambes.

Il a commencé le premier. Je lui ai donné les petits ciseaux et je lui ai ordonné : « Coupe un peu des poils que tu as sur le torse, sur les bras, les jambes, les aisselles, autour du sexe, entre les fesses… Un peu de tes cheveux… Un cil ou deux… N'oublie aucune partie de ton corps… Sois sérieux. Ne ris pas. Il faut que tu y croies… Bouhaydoura a beaucoup insisté sur ce point. Pas de moquerie. Pas de paroles impures. Sinon la protection ne viendra pas. Les saints et les djinns sont exigeants. En colère, ils sont terribles… Sois sérieux, Khalid. Va là-bas. Reste nu. Cache-toi et accomplis le rituel. Je t'attendrai ici, à côté de l'arbre coupé, nu moi aussi. »

Il s'est éloigné. Je l'ai regardé s'éloigner, disparaître de ma vue. La forêt me le prenait pour un petit moment.

Bouhaydoura m'avait conseillé de faire ce rituel seul.

D'habitude, ce sont les mères qui s'en occupent pour leurs fils.

« Je serai de loin ta mère, comme ta mère. Tu feras exactement ce que je t'ai dit de faire après-demain, vendredi, dans l'après-midi, après la prière d'Al-Asr. Sois à l'heure. N'oublie pas, après la prière, dès la fin de l'appel à la prière. De loin, je ferai le nécessaire. Je prendrai la voix et l'identité de ta mère. Pour toi. Je dirai ton prénom trois fois. Pas plus. Omar. Omar. Omar. C'est ce qui amènera les autres, les djinns, les sens invisibles, les maîtres, nos maîtres, à toi. Ils se pencheront sur toi, te regarderont tout nu et t'aideront à obtenir la protection absolue, celle qui dure toute la vie. Aucun sort, même juif, ne pourra t'atteindre, te faire du mal, te détruire, effacer tes frontières… Tu couperas tes poils. Tu les mettras dans un petit mouchoir blanc et, toujours nu, n'oublie pas, les yeux bien fermés, tu les enterreras dans un endroit secret. Même sous terre, tes poils ne mourront jamais, ils continueront de grandir, de pousser, d'aller toujours à tes côtés pour te protéger jusqu'à la mort… Tu as compris ? Tu veux que je répète les démarches à suivre ? Tu aimes les forêts ? »

J'aime une forêt.

Celle où nous nous trouvions, Khalid et moi. Ce coin de forêt où nous nous réinventions. Cet arbre à terre et toujours vivant à côté duquel j'attendais mon ami.

Il faisait de plus en plus chaud. Mais les feuilles des

arbres atténuaient la chaleur. Le murmure des feuilles de ces arbres gigantesques, beaux et effrayants à la fois, me tenait compagnie. J'étais apaisé. En repensant à Bouhaydoura, je me retrouvais. Je disais les mots que cet homme, ce prophète, m'avait appris. Je les disais en moi-même pour Khalid. Bouhaydoura le savait-il? Était-il d'accord avec cette transgression? Je l'espérais. J'en étais sûr. Le secret qu'exigeait ce rituel allait être respecté: c'était l'essentiel. À Khalid, je n'avais pas dit grand-chose. Il avait accepté joyeusement de m'accompagner dans cette mission. Il ne savait que le peu que je lui avais révélé. « Fais-le. C'est pour ton bien. Pour être sans le mal des autres. Fais-le pour moi. Je le ferai pour toi. »

Bouhaydoura était de mon côté. Il comprendrait. Je continuais de dire ses mots.

J'attendais. Dans un autre monde.

Le début d'un nouveau monde.

Khalid: Omar.

Omar: Khalid.

Recommencer depuis le début: l'histoire, l'amour, le lien, le sang.

Dieu avait un nom: Bouhaydoura.

Le paradis était soudain de l'ordre du possible.

J'avais toujours les yeux fermés.

J'ai enterré ses poils. Il a enterré mes poils. Il m'a regardé le faire. Je l'ai regardé le faire.

Nous avons repris notre voyage dans la forêt d'Aïn Houala. Sans but. Sans direction. Protégés par les arbres et les esprits. Cachés du reste du monde. Un couple retrouvé, en fuite.

Je n'en voulais plus à Khalid. J'avais oublié son mensonge, sa trahison. Nos différences. Le noir de la forêt et le rituel que nous venions d'accomplir nous portaient loin des rancœurs et des disputes. Momentanément, Hassan II, la peur et la méfiance avaient disparu.

Khalid n'était plus un riche.

Je n'étais plus un pauvre.

Nous étions tous les deux ailleurs, ensemble dans le même sentiment. Le bonheur ? Sur le même tapis d'herbes vertes et jaunes. En train d'admirer le ciel. Deux garçons portant des slips qui marchaient vers leur destin.

Une falaise les attendait.

« Omar ?
— Oui...
— J'aime... J'aime ton slip rouge.
— Et moi, j'aime ton slip bleu.
— Et si on échangeait nos slips ?
— Le tien est un slip de riche...
— Et alors ?
— Trop propre.
— Le tien n'est pas propre ?
— Je ne sais pas. Je ne sais plus... Ma mère est partie il y a longtemps, tu sais.
— Ce n'est pas grave, Omar.
— Mon slip est un peu troué.
— Pas de problème.
— Mais...
— Mais quoi, Omar ?

— Ce sera pour toujours ? Je veux garder ton slip pour toujours.

— Tu peux le garder pour toujours. On échange alors...

— Avec ton slip, je serai Khalid le Bleu.

— Et moi, Omar le Rouge.

— Allez, allez, vite, vite, enlève ton slip... troué...

— Encore les moqueries...

— Je ne me moque pas... Je n'ai rien contre les slips troués.

— Arrête... Arrête...

— Je suis sincère, j'aime ton slip troué et un peu...

— Arrête, tu vas me rendre timide.

— Omar, timide ? Tu plaisantes ?

— Tu as raison, il est fini le temps de la timidité. C'est la guerre maintenant.

— La guerre des slips.

— Le bleu contre le rouge.

— Tu veux dire : le slip troué contre le slip propre...

— Je vais te tuer, Khalid.

— D'abord, enlève ton slip. Il est déjà à moi.

— Non.

— Vas-y, ne fais pas l'enfant.

— Non.

— Ne fais pas la petite fille, alors...

— Non, c'est non...

— Omar !

— Non !

— Je connais tout de toi, tu sais…

— Non. Je suis vexé.

— Pour de vrai ?

— Pour de vrai.

— Je n'ai qu'une solution pour te décoincer de nouveau… Je me sacrifie… Voilà… Voilà… Regarde… Regarde-moi… Je vais enlever le premier mon slip… Regarde…

— Je regarde… Continue…

— Tiens, prends-le… À toi, maintenant…

— Regarde-moi.

— Je suis avec toi. »

En bas de la falaise, il y avait l'usine Gago qui fabriquait des briques rouges. C'était une usine à ciel ouvert. Toutes les machines, gigantesques, lourdes, monstrueuses, étaient bien visibles, en panne, rouillées. Oubliées. Certaines servaient de nid pour les cigognes. D'autres étaient complètement écroulées par terre. D'en haut, Gago, où un de mes oncles avait un temps travaillé, avait un peu l'air d'un champ de bataille. Une guerre secrète avait eu lieu ici, dans ce terrain qui commençait au pied de la falaise et se terminait plus loin, au bord du fleuve Bou Regreg. Plusieurs morts, inconnus, devaient encore dormir sur ce terrain, sous cette terre et sans sépulture. On les avait torturés. On les avait privés de lumière. Privés d'eux-mêmes. Tués à petit feu.

Qui étaient-ils ? Des héros ? Des héros oubliés à jamais ? Comment s'appelaient-ils ? Quels crimes avaient-ils commis ? Contre qui voulaient-ils s'insurger ? Contre le pouvoir officiel ? Contre le père ? Contre Hassan II ? Contre l'Histoire ?

Dominant le monde, le silence, deux villes ennemies qui se regardaient, Rabat et Salé, quelques ruines indéchiffrables, Khalid et moi étions rêveurs, séparés l'un de l'autre. La forêt de la Mamora était désormais juste derrière nous. Nous revenions à la civilisation. C'est moi qui, au bout d'un moment, ai pris la parole pour ramener Khalid à moi, à nous deux en slip, l'un dans le slip de l'autre. J'ai partagé avec lui ma vision à la fois morbide et réaliste. Un autre cauchemar. En plein jour.

« Partons d'ici !

— On dirait que tu as peur, Omar.

— Cette usine est un cimetière. Je le sens. Je le vois. J'en suis sûr.

— Je ne vois aucune tombe.

— Moi, si.

— Tu es sérieux ?

— Sous les machines rouillées, il y a des morts. Des morts d'il y a longtemps. Des hommes massacrés. Une boucherie. Des morts innocents.

— Des morts de notre siècle ? D'un autre siècle ?

— Mon père... Mon père est parmi eux. Il porte la djellaba blanche du jour de son mariage... Mais ma mère n'est pas là avec lui.

— Elle n'est pas morte ?

— Elle est morte. Elle est morte. Elle dort dans un

autre cimetière. Je ne la vois pas. Je ne veux pas parler d'elle. Je la renie. Je la déshérite. Je lui crache dessus.

— C'est ta mère, n'exagère pas...

— Ce n'est plus ma mère. Elle est partie. Ce n'est plus ma mère.

— Hier, tu disais la comprendre, tu la défendais. Pourquoi as-tu changé d'avis ?

— Je ne suis plus son fils. Je ne le suis plus. Elle est morte pour moi. Je ne la vois pas, sa tombe. Celle de mon père, invisible, secrète, est ici, dans les ruines de l'usine Gago.

— Il est mort quand, ton père ?

— Je ne sais pas. Je n'ai pas conscience de ces choses-là. Je le vois. Il est un corps mort mais c'est comme s'il était encore en vie. Il ne respire pas. Il ne se décompose pas. Il sent bon.

— Un saint ?

— Un martyr, mon père ? Je vois son calvaire. Il est en route. Il marche. En traînant lourdement les pieds. Il porte toujours la djellaba de son mariage. Il a à la main gauche une bouteille de vin rouge bon marché... Et, à la main droite, un paquet de cigarettes La Marquise. Il le tient bien, il ne le lâchera jamais. Il marche, péniblement. Il est seul. Pas de foule, juste son cri de haine. Il proteste. Il se révolte. Il est lui-même enfin. Il marche. Pas d'autres choix. Il marche. Au bout du chemin, une porte gigantesque, déjà grande ouverte. Les flammes, les bruits de la guerre secrète. La boucherie. La boucherie dont je parlais tout à l'heure. Ils exécutent des gens. Des jeunes. Des vieux. Tout le Maroc... Des fosses communes encore ouvertes. Les armées du crime sont au travail... Ils ont besoin de sang.

— Et... Après... Continue, Omar, continue...

— C'est fini... Le sang coule, coule... Ça finit ici. Ici où nous sommes, toi et moi. La falaise. L'abîme. Il va sauter, mon père.

— Il va se battre?

— Il va sauter.

— Il se suicide? Il ne peut pas se suicider... Ce n'est pas comme ça qu'il deviendra un saint.

— Ils le poursuivent. Il va sauter... Il va sauter... Il saute... Il saute... La chute est interminable... Interminable... Il va s'écraser...

— Détourne les yeux, détourne les yeux... Ne le regarde pas... Plus...

— Je ne peux pas. Je ne peux pas.

— Reviens, reviens à moi, Omar...

— Je ne peux pas, je ne peux pas.

— Si, si, tu peux... Reviens à moi, moi Khalid, Khalid ton ami...

— Il m'a entraîné avec lui. Je m'accroche à sa djellaba. Je suis collé à lui. On tombe ensemble... C'est mon père. On doit rester ensemble... Ensemble... Adieu... Adieu... Adieu, Khalid... C'est fini... Je suis fini... Ils ont gagné.

— Omar... Omar...

— Adieu... Adieu...

— Reviens à moi, reviens, reviens... J'ai besoin de toi, moi aussi... Reviens... Omar... Omar...

— C'est la fin.

— Ouvre les yeux... Ouvre les yeux.

— C'est la fin.

— Omar... Omar... OMAR...

— C'est la fin. »

Le pont était vide.

Je ne me rappelle plus comment on avait atterri là, sur ce pont que j'aimais tant. Le Pont Cassé. Le pont interdit. Le pont des ivrognes et des amoureux fauchés.

Nous étions toujours en slip. Nos pieds étaient nus. Le reste de nos affaires dans nos cartables.

Le soleil nous regardait de l'autre côté du fleuve. Sa lumière avait changé, un peu voilée, toujours aussi violente, si ce n'est plus. La journée se terminait mais il faisait encore chaud. Presque nus, Khalid et moi étions en sueur. Le Pont Cassé n'offrait aucune protection contre ce soleil impitoyable.

Nous étions au bout du pont, là où il s'arrêtait, là où on l'avait cassé.

Nous étions au milieu du fleuve. Au sens propre, entre deux mondes, deux villes, deux collines. Deux guerres. Deux civilisations. Deux Maroc.

Deux corps suspendus, bientôt aspirés par le vide, par l'eau.

Nous étions de nouveau séparés, dans le silence. Nous regardions Rabat juste en face. Toute la ville s'offrait orgueilleusement à nos yeux. La casbah des Oudayas. La tour Hassan où se trouvait la tombe du roi Mohammed V. L'immeuble trop grand de la poste du Maroc. Les clochers de la cathédrale. Le quartier des ministères. La très longue muraille de Touarga qui cachait bien comme il fallait le palais royal. Les ruines de Chellah, les sublimes ruines de Chellah où étaient enterrés de très nombreux rois de différentes dynasties... Je les ai regardées avec une pique de joie au cœur. Je les aimais, ces ruines, sans les avoir jamais visitées. Le professeur d'arabe, qui avait un petit faible pour moi, m'avait dit un jour que Chellah était le plus beau et le plus poétique monument du Maroc. On pouvait y admirer les restes de plusieurs civilisations, phéniciennes, romaines, musulmanes... Ses jardins étaient mystérieux, sombres et inoubliables. Ses saints, quatre saints, presque inconnus, étaient puissants, différemment puissants. Quant au bassin aux anguilles sacrées et démoniaques, creusé dans la roche, il était, selon mon professeur, l'origine même de toutes les forces qui commandaient Rabat et Salé.

Le professeur d'arabe était amoureux des ruines en général et de celles de Chellah en particulier. Il me disait qu'il voulait être le premier à me les faire découvrir, me transmettre sa passion, m'initier à l'Histoire autrement, m'introduire dans un monde secret, oublié du soleil.

Je détestais Rabat. J'avais peur de Rabat. Je maudissais Rabat.

J'aimais d'avance Chellah.

Chellah, ce n'était pas Rabat. Chellah me vengeait de Rabat qui faisait depuis des siècles la coquette, la fière, la snob. Chellah se dissociait de Rabat. Ses ruines se trouvaient en dehors de la capitale mais ses ruines faisaient face à l'une des entrées de Touarga, dont les murs cachaient le palais du Roi où allait être reçu le lendemain Khalid.

J'ai tourné la tête vers lui. Mon ami. Khalid. Ses yeux étaient fermés. Son corps était raide, froid, détaché du mien. Son corps était redevenu orgueilleux. Égoïste. Il avait rejoint son premier monde.

Et j'ai compris. Khalid était mon ennemi. J'étais son ennemi. C'était écrit. Rien ne pouvait plus changer cette fatalité. J'ai fermé les yeux, moi aussi. Pour mieux me préparer au dernier combat. Le dernier round. Le dernier chapitre. L'un contre l'autre. Ce qui allait suivre était justifié. Logique. C'est la loi, il n'y a toujours qu'un seul gagnant. Ce qui allait venir, c'était de l'amour. L'amour aveugle, sans dieu ni mère pour le protéger.

C'était de la guerre. Sans paroles. En dehors du monde. Au tout début. Au-delà de moi. Au-delà de Khalid. À travers nous deux, le combat primitif, innocent, sauvage, libre, recommençait.

Le Pont Cassé était notre théâtre. Sans spectateurs. Sans metteur en scène. Le mal nous avait repris. Les yeux fermés, chacun l'accueillait à sa manière.

Je l'ai poussé. C'est lui qui me l'a demandé.

Il regardait le palais royal et il ne cessait de m'ordonner: « Pousse-moi, pousse-moi jusqu'au palais du Roi... Pousse-moi... Je veux voler... Pousse... Pousse... »

J'ai résisté. J'ai fait semblant de résister. J'ai hésité. Je lui ai donné l'impression d'hésiter. J'ai pris mon élan et je l'ai poussé. De toutes mes forces. En y mettant toute ma rage.

Est-ce vraiment comme ça que cela s'est passé?

C'est lui qui avait brisé le silence cette fois-ci.

Dès les premiers mots, j'ai su que ce que nous venions de vivre intensément ensemble, cet échange, cette fusion, cette transformation, ce pacte, cette forêt noire et hantée en nous à jamais, les arbres habités, le monde réinventé pour nous, entre nous, tout cela ne comptait plus.

Il a ouvert les yeux. Il était déjà au palais. Je n'y étais pas avec lui. Ni dans ses pensées, ni dans son cœur. Comme la veille au collège, quand le directeur nous avait annoncé que Khalid serait reçu par le Roi, j'étais oublié. Je n'existais plus.

Il m'a posé cette question: « Comment je dois baiser les mains du Roi demain ? »

Sans réfléchir, j'ai répondu: « Tu feras comme dans *Le Parrain*… le film… »

Il était surpris que je connaisse ce long-métrage. Abattu, je lui ai rafraîchi la mémoire. « C'est toi qui me l'as montré, chez toi, dans ta chambre, l'année dernière. Ton père t'avait ramené de Paris la cassette du film… Tu ne te souviens pas ? »

Il ne se souvenait pas. Il était toujours ailleurs, de l'autre côté du fleuve, parmi les gens importants, les riches qui ne pensaient jamais à l'argent. Ses yeux voyaient Hassan II. Les miens étaient dans le noir.

Je continuai, ravi et enragé, dans la provocation.

« Tu devrais suivre mon conseil, Khalid. *Le Parrain* est un grand film, c'est toi qui me l'as dit. Le personnage principal qui meurt à la fin est… J'ai oublié son nom…

— Don Corleone.

— Il est formidable, non ? Demain, tu devrais baiser la main de Hassan II comme on baise la main à Don Corleone dans *Le Parrain*. Ce sera plus original. Plus chic ainsi. Le Roi te remarquera plus.

— Tu crois ?

— J'en suis sûr !

— Il vaut mieux que je fasse comme tout le monde !

— Tu as peur ?
— Euh... Est-ce que j'ai peur ?
— Je crois que tu as peur.
— C'est sérieux, Hassan II. Je ne veux pas que ça se passe comme dans le rêve que tu m'as raconté hier.
— Ce n'était pas un rêve. C'était un cauchemar.
— Je ne veux pas de ce cauchemar.
— Toi, tu ne crains rien. Toi, tu es déjà de la famille.
— Quelle famille ?
— On dirait que tu n'es plus intelligent, Khalid... On est jeudi, pas vendredi. Tu n'es pas encore devant le Roi. Tu es avec moi. Moi, Omar. Ici, sur le Pont Cassé... Reviens à moi...
— Mais je dois me préparer, répéter... Hassan II, c'est plus que sérieux, c'est sacré...
— D'accord. J'accepte.
— Tu acceptes quoi ?
— De répéter avec toi.
— C'est vrai ?
— Je ferai Don Corleone. Tu me baiseras les mains.
— Et moi ?
— Toi, tu seras toi-même. »

Je l'ai poussé.

Il a plongé. Le fleuve Bou Regreg l'a accueilli, embrassé, trop aimé.

J'entends, je vois encore ce moment. Le corps de Khalid qui rencontre l'eau du fleuve. Un mariage. Un énorme youyou lancé par une femme inconnue, cachée au ciel. Un doux « splaaaach ».

Je l'ai poussé. Je dois le répéter. C'est lui qui me l'a demandé.

Il était content de lui-même. Soulagé. Heureux. On avait bien répété le baiser royal. J'avais bien joué le rôle de Don Corleone.

Khalid était tellement heureux. Euphorique. Il se trouvait toujours dans le palais de Rabat, il déambulait dans ses couloirs interminables, à la recherche du regard royal. Il était définitivement séparé de moi.

Je n'étais pas moi. J'étais encore dans la peau du parrain sicilien à New York. J'avais le pouvoir. Le nom de l'acteur qui jouait Don Corleone me revint à l'esprit. Marlon Brando.

J'étais Marlon Brando. Un vieil homme qui avait de la classe et de la cruauté. Un vieil homme irrésistible, généreux, impitoyable, sanguinaire.

Khalid ne me voyait pas. Il reconnaissait en moi Don Corleone, Marlon Brando.

Khalid était séduit, plein de gratitude, de désir. Il s'est avancé vers moi et il m'a embrassé. Sur la bouche. Avec la langue. Longtemps. Les yeux fermés, j'ai pris sa bouche, ses lèvres en moi. Et, triste, amer, j'ai joué violemment avec sa langue.

Il n'a pas protesté.

Je l'ai poussé. Je lui ai donné mes ailes. Ma force. Ma rage. Mon amour et ma jalousie.

J'ai reculé le plus loin possible. Khalid se trouvait au bout du pont. Au milieu du fleuve. Il regardait le palais.

J'ai failli renoncer. Ne pas le pousser. Ne pas le détruire. Ne pas nous séparer. J'ai failli redevenir raisonnable, aimable, tendre. Faible. J'ai failli, oui.

J'ai attendu. Je me suis dit : S'il se retourne, je n'irai pas jusqu'au bout, je ne le laisserai pas sauter. S'il se retourne. S'il se souvient de moi et qu'il se retourne vers moi, pour moi, je le sauverai, je redeviendrai un ange, juste un petit diable, le petit pauvre. S'il se retourne, le monde sera toujours le monde, il n'y aura pas de révolution, nous serons, Khalid et moi, les mêmes amis qu'avant, sur les mêmes bases, sur deux chemins, dans une seule nuit étoilée. S'il se retourne... S'il se retourne... S'il se retourne vers moi... Retourne-toi, Khalid, retourne-toi. Retourne-toi. Sauve-nous. Retourne-toi. Je t'en supplie. Retourne-toi. Khalid. Khalid. Khalid...

J'ai attendu une minute. Peut-être deux. J'étais prêt à attendre davantage.

Il ne m'a pas laissé le choix. Il ne s'est pas retourné. Il a juste crié, une seule fois, sans dire mon prénom : « Je suis prêt. »

Comme je n'avais pas bougé, il a crié une deuxième fois,

toujours sans se retourner: « Vas-y... Vas-y... Pousse-moi... Pousse-moi... POUSSE-MOI... POUSSE-MOI... »

J'avais tellement parlé à Khalid de ce Pont Cassé où, sans l'autorisation de mes parents, je venais l'été avec certains copains du quartier nager une heure ou deux. Je lui avais tellement raconté les plongeons spectaculaires auxquels j'avais assisté à partir de cet endroit, interdit, dangereux, loin de tout, après la forêt. Je lui avais raconté mes aventures sur et sous ce pont. Je le lui avais fait aimer. J'avais réussi, juste par mes petits récits un peu trop romancés, à lui rendre ce pont mythique. Un symbole de liberté. Le dernier symbole de liberté, avait-il dit à plusieurs reprises. Dans sa chambre, isolés du reste du monde, j'étais revenu tellement de fois, avec enthousiasme, extase, sur ce pont, sur ce mystère. Il voulait, bien sûr, y aller lui aussi, un jour. Pour vérifier mes mensonges, disait-il. Je lui avais promis de l'y emmener aux prochaines vacances d'été.

Il n'y aura pas de prochaines vacances d'été. Tout s'arrête ici.

Il avait crié de toute son âme.

POUSSE-MOI !

Il voulait plonger dans mon fleuve sans moi. Il voulait non pas nous imiter, les copains du quartier et moi, mais plutôt plonger pour voler dans le ciel, marcher sur l'eau, courir sur les collines de Rabat, courir vite, dépasser les murs de Touarga, entrer dans le palais royal, vite, vite chercher le roi Hassan II, se jeter à ses pieds. Lui baiser les mains comme dans *Le Parrain*.

Une double trahison.

Je n'étais pas la victime de Khalid. J'étais son bourreau. La vengeance à ce moment-là, à cet instant précis de grande et éternelle solitude, avait un sens.

Les pieds nus, j'ai commencé à courir, à courir de plus en plus vite sur le Pont Cassé chaud, vers le but, vers la victoire. Mes mains ont fait le reste. Ont touché doucement le dos nu et en sueur de Khalid. De mon corps au bout de sa course, une énergie phénoménale est sortie pour m'aider à exécuter l'ordre que mon ami ne cessait de crier.

POUSSE-MOI !

Le corps vibrant, heureux, de Khalid s'est envolé un moment long, lent, dans le ciel entre Salé et Rabat. Le corps égoïste et riche de Khalid a ensuite chuté. Il s'est écrasé dans l'eau. Dans un énorme « splaaach ».

Khalid n'a pas résisté. Il a plongé. Rapidement. Il a coulé. En un clin d'œil. Il a disparu.

Le fleuve l'a gardé. C'est ce que je voulais.

Inutile de pleurer.

Vendredi

C'est ce que je vais dire à Dieu. C'est comme ça que je parlerai à Dieu de Khalid. Je dirai la vérité. Toute la vérité de cette histoire. De ces trois derniers jours. De ces trois derniers mois.

J'ai tué Khalid. Je suis à côté de Khalid. Pas loin de Khalid. Je vois le fleuve qui l'a pris.

J'avais menti à Khalid. Je ne savais pas nager. Je n'aurais pas pu le sauver. Je ne voulais pas le sauver.

Je ne voulais pas le sauver ?

Maintenant, c'est trop tard pour lui comme pour moi.

Je reviens en arrière un instant.

Je revois en un flash extrêmement rapide, une étoile filante, ce rêve, ce cauchemar, ce retour à l'origine de notre amitié, Khalid et moi. Notre rivalité. Notre course. La mort en fin de journée. Pas de lendemain. Ni pour lui. Ni pour moi.

Je n'ai pas eu peur. C'était comme si j'avais toujours vécu avec ce sentiment de mort.

Son corps a fait « splaach » en tombant dans le fleuve. J'ai attendu. J'ai attendu pour m'assurer qu'il ne remonte pas. Calme, j'ai attendu jusqu'à la nuit.

Je savais que le fleuve était truffé de puits extrêmement dangereux. Ils avaient aspiré quelques-uns des garçons de mon quartier, très bons nageurs pourtant. On n'avait jamais retrouvé leurs corps. Ils n'étaient pas mes amis. J'avais oublié leurs prénoms.

Au moment du basculement, quand le jour devient nuit, ces prénoms au loin sont revenus à ma mémoire. Je les ai dits. Enfin on allait devenir de véritables amis : Said. Jaâfar. Youssef. Hamid. Nabil. Abdelkader. Amine. Hicham. Nourreddine.

Neuf prénoms. Neuf garçons de mon âge. Du même chemin. Du même air. Ennemis un moment. À présent dans la réconciliation promise. Khalid les avait rejoints. Il doit être en train de faire connaissance avec eux en ce moment. Il se présente comme ça : « Je suis Khalid, l'ami d'Omar. Omar du quartier de Bettana. Je suis Khalid, du collège Hay-Salam. »

Ils sont dix. Ils sont dix et ils jouent déjà. Sont-ils libérés ? Ont-ils oublié ? Se sont-ils reconnus immédiatement, loin des barrières et des limites du monde auquel j'appartiens encore ?

Fait-il jour là-bas en permanence ? Et le soleil,

comment est-il dans ce ciel invisible ? Et Dieu ? Et ses anges ?

Et le diable : est-il toujours le diable ?

J'ai froid. La nuit se termine. J'ai quitté le Pont Cassé. Traversé seul la forêt d'Aïn Houala.

Je n'ai croisé aucun assassin. À part moi.

Je n'avais pas peur. Je pensais, sans culpabilité. J'ai poussé Khalid. C'est lui qui l'a voulu. Je l'ai poussé. C'était la seule possibilité qui me restait.

La fin de la jalousie.

Répondre à l'injustice par l'injustice.

J'étais dans un autre monde. Je savais ce que j'avais fait. Je ne le réalisais pas encore. J'ai marché dans la forêt. Ses arbres m'ont protégé du froid. Ses rares animaux m'ont tenu compagnie. Les plus sauvages d'entre eux ne m'ont pas attaqué : Avaient-ils peur de moi ? Sentaient-ils l'odeur du meurtre qui se dégageait de tout mon corps ?

J'ai marché. Je connaissais le chemin. Même dans le noir je savais où aller, où tourner.

Où finir ?

Mon père ? Ma mère ? Ils n'existaient plus. Je n'étais plus leur enfant. J'appartenais désormais à une force qui les dépassait, qu'ils n'avaient jamais connue. Leur histoire, leur amour, leurs disputes, leur séparation... Tout cela n'avait plus aucune importance.

Mon petit frère ?

Quand il a traversé mon esprit, je me suis arrêté, j'ai cherché l'arbre le plus inhospitalier, le plus squelettique, je m'en suis approché, je l'ai entouré de mes bras, j'ai serré, j'ai appuyé ma tête contre lui, je l'ai embrassé, je lui ai donné un prénom. Trois fois le même prénom. Celui de mon frère. Othman.

Lui, il me manquera. Lui, je le pleurerai. Lui, je l'appellerai. Je réserverai une place pour lui. Une étoile pour lui. Lui, pour de vrai, je le connaîtrai.

Les pieds nus j'ai marché dans la forêt. À la main droite un rouge à lèvres. Chanel. Il était neuf. Il venait de Paris. Il était destiné à la copine de Khalid. C'était tout ce que j'avais pris avec moi au moment de quitter le Pont Cassé. Je ne savais pas pourquoi.

Maintenant, sur cette route, au milieu de la forêt, je sais. Maintenant que la nuit va partir, ce crime va revenir et son souvenir sera atroce. La culpabilité, je la vois, elle court vers moi.

Je ne veux pas de jugement. Je ne veux pas de scandale. Je veux m'en aller moi aussi.

Le froid me pique. Je suis au milieu de la route. J'attends la première voiture qui passe pour m'offrir à elle. J'attends, non pas la mort mais le feu qui m'emmènera ailleurs. Rejoindre Khalid.

Il me manque, Khalid.

Où es-tu, Khalid ? Dans le fleuve ? Dans un puits au fond du Bou Regreg ?

Où es-tu, Khalid ? Dans la terre ? Dans le ciel ? Dans l'eau au-delà du monde ?

Le feu me le dira. Le feu me guidera. Le feu me punira et me pardonnera. Le feu nous détruira tous et nous fera renaître, les mêmes, autres, éternels.

Le feu. Je n'ai pas peur. Je ne pleurerai pas. Je suis prêt.

Je porte le slip de Khalid. J'ai mis du rouge à lèvres. Je suis Omar. Je ne suis ni garçon ni fille.

Je suis dans le désir : celui qui m'a amené sur la terre. Je suis dans le moment du désir. Je vais le précéder, l'annuler, l'exploser, le réécrire.

Mes lèvres sont rouges. Dieu les aime-t-il comme ça ? Mes yeux sont rouges. Sont-ils des amis de Satan ? Mon sexe est rouge. Il fait froid. Il n'est plus à moi.

Le monde a une odeur. Mauvaise. Âcre. Obsédante. Insoutenable. Délicieuse. Une drogue. Celle de la poubelle des Américains. La fameuse et mythique poubelle des Américains. Elle n'existait pas. Non, elle existe. Elle existe. Je la sens. Elle me prend. M'enveloppe. Son odeur sera mon odeur. Je partirai ainsi, couvert par elle. Ce sera ma dernière révélation. Mon dernier souvenir.

Je suis prêt. Assis en plein milieu de la chaussée. Sur le goudron noir.

Je ne prie pas. J'ai hâte de partir. Entrer dans une nouvelle entité. Un autre corps. J'ai hâte de voir. J'ai hâte de parler à Dieu. Lui : Il me jugera. D'avance, j'accepte son jugement. Lui : Il me regardera. Devant lui je pourrai enfin être nu. Nu. Comme au début. Comme avec Khalid.

La culpabilité est là, toute proche. Toute proche. La scène du crime va être rejouée. Sans moi ?

Je ne bouge pas. J'attends. Je me concentre. Je remets du rouge à lèvres. Un peu sur mes joues.

J'ouvre mes yeux très grand.

J'ai peur. Je tremble.

Je n'ai pas peur. Je suis sûr.

Je suis Khalid. Je suis Khalid.

Une voiture arrive. Je l'entends. Elle arrive à toute vitesse. Je ne bouge pas. Je ne respire plus. Je suis encore vivant. Le regard droit.

La voiture est là, tout près. Son conducteur ne me voit pas.

Je pense à Hadda, la bonne noire, à son corps, à ses fesses. À son errance.

Je pense à Bouhaydoura, le sorcier de Tabriquet. Je le vois sourire. Il sourit. Il me sourit. Il est dans la voiture qui vient. Il vient me prendre. Dieu me l'a envoyé.

Je réponds à son sourire. J'ai confiance. J'ai la foi.

Je m'appelle : « Khalid… Khalid… Khalid… »

La voiture me frappe, me rejette. Me fait tomber. Voler. J'ai traversé la frontière.

J'ai dans la bouche le goût du sang.

Je bois du sang.

Je lèche mes lèvres. J'écoute mon cœur. Je l'accompagne. Il va s'arrêter.

Je pars. C'est rapide. Je pars. Je souffre. Je vois. Je donne mes deux mains. Je ne ferme pas les yeux.

Au revoir.

Jeudi

Je me lève chaque matin la main tendue. Suspendue.

J'ai grandi trop vite. Mon corps a encore poussé cette nuit.

Je suis différente aujourd'hui. J'ai des bruits dans la tête. C'est plus fort que d'habitude mais ce n'est pas insupportable.

Quel est mon âge ? Je l'ignore.

Je ne suis plus une jeune fille. Je ne suis plus adolescente. Je suis une femme. Les autres ne le voient pas vraiment, moi je le sais de l'intérieur. Je suis une femme mais le sang ne coule jamais de moi. Je suis une femme par mes lèvres trop charnues, par mon derrière gros, plus que gros. Je suis une femme par mon odeur. Elle a changé du jour au lendemain. C'est mon maître, mon Sidi, qui l'a remarqué le premier.

C'était l'année dernière. Jamais il ne m'avait jetée un regard auparavant. Je n'étais qu'une des nombreuses bonnes au service de sa femme bourgeoise dans leur grande villa de Salé. Je ne savais rien sur lui. Je n'avais pas le droit de l'approcher, de lui parler. C'était les ordres de Madame, Lalla.

J'étais en train de laver à la main les chemises blanches de Sidi. Lalla exigeait de moi de le faire à la main, la machine à laver les malmenait trop. Les chemises de Sidi étaient chères. Il fallait vraiment les laver avec soin. C'était ma principale fonction dans cette villa. Rendre aux très nombreuses chemises de Sidi leur blancheur originelle. Lalla, qui ne m'a jamais vraiment portée dans son cœur, était à chaque fois satisfaite de mon travail. Elle me remerciait à chaque fois. D'un demi-sourire.

J'étais donc en train de laver les chemises de Sidi dans l'arrière-cour. Un homme grand et moustachu m'a rejointe en douce. Il a dit : « Tu as une belle odeur ! » Comme il voyait que je ne le reconnaissais pas, il a ajouté : « Je suis Hamid El-Roule... »

C'était Sidi. Le maître de la maison. Le maître de ma vie depuis un peu plus de deux ans. Il avait l'air très distingué. Il n'était pas du tout comme je l'avais imaginé. Il était mieux. Mieux que qui ?

Il s'est penché vers moi, il était près, très près de moi. Il a chuchoté dans mes oreilles : « J'aime l'odeur qui se dégage de toi. Je veux te peindre. Faire un portrait de toi. »

Je ne comprenais rien à ce qu'il me disait mais je voyais très bien qu'il avait l'air troublé par moi. Ses lèvres tremblotaient. Ses mains aussi, un peu. Ses yeux étaient à la fois doux et autoritaires.

Comme je n'osais pas le regarder, il a pris mon visage dans ses mains. Que voulait-il ? Mon visage était brûlant. Ses mains à lui, très froides, glaciales.

« Tu as changé. Je veux faire de toi une belle image. Tu es d'accord ? »

Avais-je le choix ? Ce n'était pas la première fois de toute façon. On me fait l'amour malgré moi depuis toute petite. Je n'ai jamais osé dire : Non. Je ne pouvais pas dire : Non.

Qui suis-je, pour dire « Non » ?

Mon Sidi voulait lui aussi la même chose. Mon sexe. C'était son tour.

Avec lui, mon visage dans ses mains blanches et froides et qui sentaient un parfum frais, j'étais d'accord. Donner à Sidi mon corps avec sa nouvelle odeur de femme était un devoir. Un honneur ?

J'ai dit oui de la tête et, le lendemain tard dans la nuit, je l'ai rejoint dans son bureau au fond du jardin.

Il buvait du café. Il avait préparé le tableau pour me peindre. Il tenait une carte postale à la main. Je n'ai pas dit bonjour. Lui non plus.

Il s'est approché de moi. Il a mis son visage dans mon cou. Et il a respiré. J'ai cessé d'exister. Je n'étais plus qu'une peau, qu'une odeur. Je ne connaissais pas bien ni l'une ni l'autre. Sidi, lui, semblait dans l'amour des deux. L'amour, vraiment ?

Je me suis évanouie. Une seconde ou deux. J'étais dans l'extase.

J'ai repris connaissance sans ouvrir les yeux. Sidi était toujours près de moi. Ses deux mains étudiaient mon visage, le remodelaient, le révélaient. Elles étaient grandes, douces et fortes, ces mains. Elles sentaient bon, frais. Elles étaient blanches.

Sidi est blanc. Sa couleur me réveille. Je suis en vie, les yeux toujours fermés. Je ne suis plus sur cette terre. Nous sommes dans la nuit. Nous faisons connaissance. Je me laisse faire. Je n'ai aucun pouvoir. Je suis là pour Sidi, je le veux. On ne m'a pas laissé le choix. Je veux être avec lui. Recevoir sa lumière. Devenir blanche grâce à lui. Une image.

Les mains de Sidi se sont ensuite occupées de mes épaules, mes bras, mes seins. Elles ont visité mon torse. Elles l'ont dénudé.

Mes seins étaient en l'air. J'avais froid, honte. J'ai ouvert les yeux pour protester. Je n'ai pas pu. Sidi me regardait. Me souriait. Et disait : « Je suis Hamid. Appelle-moi Hamid. D'accord ? »

Comment est-ce possible ? Je n'y arriverai jamais.

Il a insisté : « Je suis Hamid. Ne m'appelle pas Sidi… Et toi, comment t'appelles-tu ? »

C'était étrange. J'étais presque nue devant Sidi et il ne connaissait même pas mon prénom.

C'était étrange. Oui. Très étrange. Fallait-il s'arrêter devant cette injustice, renoncer, se fermer, s'endurcir ?

Sidi me plaisait, depuis le premier jour il me plaisait.

Je suis restée ouverte à ses désirs, à ses mains, à son projet. Sexuel. Artistique.

J'ai répondu à sa question en le regardant droit dans les yeux. Un défi.

Je suis Hadda. Hadda. Hadda Salmi. Descendante d'esclaves. Noire. Noire. Marocaine d'après ce qu'on m'a dit.

Je suis Hadda. Sans famille par choix. Coupée d'un arbre.

Je suis Hadda. Un peu sorcière. Un peu voyante. Malgré moi.

Je suis Hadda. J'ai émigré il y a longtemps. D'une maison à l'autre jusqu'à ici. Jusqu'à vous, ce soir, Sidi Hamid.

J'ai baissé les yeux.

Sidi s'est rapproché de nouveau de moi. Il a caressé lentement mes épaules, mon cou et il a murmuré dans mon oreille gauche : « Pas Sidi, Hamid... Juste Hamid... »

Pour moi, c'était impossible de l'appeler juste par son prénom. Impossible.

Que se passait-il entre nous ? Je ne comprenais pas tout. Je ne voyais que le désir de Sidi qui grandissait et qui était équivalent au mien.

Sidi avait le droit d'exprimer ce désir, de venir à moi, faussement passive. C'est ce que je voulais, moi aussi, cette nuit-là. Me dénuder. Quitter mon corps. Quitter mon destin. Aller au sexe blanc de Sidi et boire. Jouer à l'esclave. Oublier les règles. Oublier le monde. Aimer ma peau. Offrir mon odeur.

Nous n'avons pas fait l'amour. Mieux : nous avons tourné autour de lui durant plusieurs heures.

Il faisait chaud. Sidi a enlevé sa chemise blanche. Il ne portait maintenant qu'un jean bleu et un marcel gris. Ses pieds étaient nus. Je venais de le remarquer. Je les ai regardés, ces pieds nouveaux. Des pieds aussi grands que le reste du corps de Sidi. Aussi blancs que les épaules fortes, que le cou massif. Sidi n'était pas gros. Non, pas du tout. Il avait la santé de celui qui ne s'aventurait pas vers les excès inutiles.

Sidi, d'après ce qu'on m'avait raconté, ne sortait jamais le soir. Jamais ? Pourquoi ?

J'ai failli lui poser ces deux questions.

Les pieds de Sidi se sont mis à avancer vers moi, de plus en plus près. Sidi, qui avait tout compris, a dit : « Tu les aimes ? Tu les aimes, mes pieds ? »

J'ai baissé la tête.

« Prends celui de gauche… Prends-le… Il est à toi… »

Je me suis assise sur un fauteuil.

J'ai pris le pied gauche de Sidi.

Il était maintenant sur mes genoux. Je n'osais pas le

toucher, le caresser, le baiser. J'avais peur. La situation me semblait irréelle tout à coup. Je paniquais. Que faire de ce pied gauche sur mes genoux ?

Sidi souriait. Il a pris une tasse de café froid qui l'attendait depuis longtemps sur le bureau, l'a vidée en trois secondes et il est revenu à moi. Il continuait de me regarder et de sourire. Ma panique l'amusait sans doute. J'ai trouvé cela cruel.

Était-il un cruel, Sidi ?

Le pied continuait de m'appeler. Sidi souriait toujours. Était-ce un encouragement ? Probablement. Mais je n'en étais pas sûre.

Je me suis convaincue que c'était le cas. J'ai osé alors… J'ai touché le pied de ma main droite. Il était froid, ce pied, froid et rafraîchissant. J'ai aimé cela et j'ai voulu plus.

J'ai mis l'autre main sur le pied. Je l'avais tout à moi maintenant, entre mes mains. Il n'y avait que lui et moi. Je pouvais oublier le reste. Je pouvais inventer des choses et aussitôt les expérimenter sur ce pied. Je pouvais me rapprocher de lui, le respirer, le prendre, l'engloutir, par la bouche le faire disparaître en moi. Je pouvais le punir, le pincer. Le mordre. Je pouvais le chatouiller, un peu, beaucoup. Je pouvais tout. Sidi semblait d'avance d'accord avec mes décisions, avec mes rêves. Il était ravi. Il m'avait cédé son pied.

Je n'avais jamais connu de pied d'aussi près.

J'ai profité de cette occasion pour regarder attentivement

ce continent inconnu, cette racine étrangère. Cette intimité bouleversante. Ultime.

Ce pied m'appartient pour toujours.

Sidi l'avait bien dit et répété: «Il est à toi, à toi, ce pied... Prends-le...»

Je l'ai cru.

Je le crois aujourd'hui encore.

Je l'ai traversé de tous les côtés, ce pied. Et j'y ai laissé ma trace. Une larme. Une plainte. Un début d'amour. Un baiser chaud. Mon grain de folie. Un bout de ma peau noire.

Plus tard, cette nuit-là, Sidi m'a montré une image. Une carte postale.

«C'est toi. Tu la vois bien, cette femme? Rapproche-toi, prends la carte postale. Regarde-la bien. C'est toi. Non? Tu ne trouves pas? Cette femme noire, c'est toi. Cette image, qui vient d'un autre siècle, c'est toi. C'est un tableau qu'on peut voir à Paris, en France, au musée du Louvre. Son titre: *Portrait d'une négresse*. Il a été exécuté au début du XIXe siècle par une peintre qui s'appelle Marie-Guillemine Benoist... Tu connais le musée du Louvre? Non? Tu sais ce que c'est, le Louvre? Tu en as déjà entendu parler? Non? Et Paris? Non plus... Ce n'est pas grave, ce n'est pas grave... J'ai découvert ce tableau là-bas, en France, il y a longtemps, quand je faisais mes études à Paris... Il m'a tout de suite séduit et je suis retourné des dizaines de fois l'admirer. Saluer la dame noire et fière... J'étais amoureux d'elle. Je le suis encore. En la regardant maintes fois, j'ai compris un peu de la beauté mystérieuse des femmes noires... Tu comprends ? C'est très important pour moi... Cette carte postale, que tu as entre les mains, ne m'a jamais quitté... Il y a deux semaines, je t'ai vue... Je ne sais pas depuis quand tu travailles chez nous... Je t'ai vue. Je t'ai reconnue. Je n'arrivais pas à le croire. Tu es comme la femme noire du tableau. Exactement comme elle. Tu es elle. C'est incroyable. Tu es elle. Habillée en permanence en blanc, comme elle. Tu as ses yeux curieux. Son front robuste. Son nez fort et que je trouve, moi, délicat. Tu as son mystère. Tu es du même noir qu'elle. Le même noir. Tu appelles. Tu brilles. Tu m'as appelé... Tu me crois ? Il faut que tu me croies. Tu es une matière brute, fascinante, un élément rare, un corps incroyable... Je dois te peindre... Je dois... Je dois faire de toi une image... Je dois... Je dois prendre quelque chose en toi, pour moi... C'est toi... La peinture me revient grâce à toi. Le désir de peindre se réveille en moi. Je dois te peindre. T'honorer. Tu me crois ? Je suis sincère. Tu me crois ? Je suis inspiré par toi. Tu me crois ? Tu es d'accord ?... »

Cela a duré un an.

Et ce n'est pas fini.

La femme du tableau, ce n'était pas moi. Elle ne me ressemblait pas. Sidi avait tort. Son noir n'est pas mon noir. Il n'y avait peut-être que les yeux qui nous réunissaient. Des yeux effectivement curieux. Des yeux tristes, amers, les siens un peu plus que les miens.

Sidi me plaisait vraiment. Je ne lui ai rien dit. Je n'avais pas compris grand-chose à ce qu'il m'avait raconté. Je l'ai laissé croire ce qu'il voulait croire. Je lui ai donné mon corps. Mes nuits. Mon histoire sans paroles. Mon souffle. Sans me poser de questions. J'ai remonté le temps pour lui. J'ai pris la pose de la Négresse dans le tableau. Sans m'identifier à elle. Sans l'aimer.

Je suis Hadda. Je n'aurai jamais d'âme sœur. Je peux lire l'avenir. Dire le passé caché. Recevoir en moi les voix d'un autre monde.

Je suis Hadda. En fuite devant mon destin. On veut que je devienne une sorcière, que je prenne la relève. Que je voie.

Je ne veux pas voir. Je ne veux pas voir pour les autres. Je refuse cette responsabilité, ce fardeau.

Mais ils insistent. Ils disent que je suis une femme à part, que je suis l'élue. Que je n'ai pas le choix. Ils veulent que je quitte le monde, que je me donne à eux. Les esprits. Les djinns. Servir d'intermédiaire. De lien. De lieu.

Je refuse.

Je ne suis pas cette femme. Je ne suis pas une femme bien. Je suis mauvaise. Une dévergondée. Une putain. J'ouvre mes jambes à tout le monde. Je trahis tout le monde. Je suis jeune, trop jeune. J'ai déjà quitté un premier monde, ma famille. Je ne veux pas partir de nouveau sur les routes interminables. Je ne vois pas. Je ne peux pas voir. Je refuse ce destin qu'on m'impose. Je suis maligne, perverse, sexuelle, sale. Je vis dans le déshonneur. Je ne suis pas une bonne musulmane. Je ne suis pas musulmane. Dieu ne m'aime pas. Même la femme du tableau ne m'aime pas.

Je ne parlerai pas. Je ne parlerai plus.

J'entre encore plus dans le silence.

J'ai réussi à les convaincre. Ils ont cessé de me rendre visite le matin tôt, juste avant la première lumière. Ils m'ont laissée tranquille. Ils m'ont oubliée ? Non, je sais que non. Ils reviendront à la charge. Ils ne me lâcheront jamais.

Ils n'aimaient pas que je passe mes nuits à poser nue pour Sidi. À communiquer sans mots avec lui. Selon eux, ces rencontres nocturnes m'éloignaient du chemin de la pureté, de la sainteté. Je perdais mon temps, ma voie, ma vocation. Je me trompais. Ils répétaient que tôt ou tard mon destin allait m'attraper, me rattraper.

Peut-être.

En attendant, j'ai aimé retrouver presque toutes les nuits les yeux de Sidi. Les peintures de Sidi. Les mains de Sidi. Le sexe de Sidi.

La Négresse du tableau ne m'aimait pas. Elle avait raison.

Elle était devenue, au fil du temps, ma rivale. Mon ennemie. Des yeux qui ne se fermaient jamais. Elle avait, elle aussi, le don de voir.

Il fallait la tuer.

Je le ferai.

Il y a des moments où je ne sais plus qui je suis. Toutes les fictions que j'ai construites pour moi s'arrêtent. Tous les goûts en moi s'évaporent. Je ne suis plus liée à personne. Ni aux choses ni aux signes.

Je suis déconnectée. Vide. Éclatée.

Je traverse une nuit immense. J'arrive à la solitude, sa source. Je bois.

Mon corps est étrange. Les sensations bizarres qui le traversent me torturent. J'ai de plus en plus de visions. On me fait voir chaque jour la vérité. La vérité nue. Les vérités. Nues. Je les fuis. Elles ne m'intéressent pas.

Je ne suis pas prête. Je ne le serai jamais.

Errer, encore ? Se perdre, encore ? Encore ? Se déposséder vivante ?

Ne me donnez pas ce pouvoir. La sorcellerie n'est pas pour moi. Je ne suis pas douée. Je ne saurai pas comment faire. Je n'apprendrai pas. Je ne veux pas abandonner mon corps. Je ne le connais pas encore assez bien. Laissez-le en paix. Laissez-le en paix. Il a suffisamment souffert comme ça. Laissez-moi encore veiller sur lui, c'est tout ce que j'ai. Laissez-moi le faire revenir au centre de mon monde. Au contact de la peau blanche de Sidi Hamid. Ayez pitié de lui, de moi, de nous... S'il vous plaît... S'il vous plaît... Ce n'est pas moi... Vous vous trompez... Que dois-je faire pour vous convaincre ? Vous m'écoutez ? Vous êtes là ? Là, en moi ? Il y a la vie qui m'attend, laissez-moi y goûter tranquillement... Vous m'entendez ? S'il vous plaît, vous m'entendez ?

Mon corps ne m'a pas écoutée. Il leur appartenait, depuis le début.

Mon corps, il m'a trahie.

Une voix m'a dit : « Tu ne t'appartiens pas... Tu ne t'appartiendras jamais... »

Je ne l'ai pas crue. Aurais-je dû la croire ? M'éviter toutes ces souffrances ? Cesser de résister ?

Je connais une fille comme moi, qu'on a appelée comme moi. Elle a dit non, elle aussi. Tout le monde la poussait à devenir voyante, à se sacrifier, à renoncer à sa vie. Sa famille, tremblant de peur, l'avait vendue. Elle a été forte, plus forte qu'on ne l'aurait cru. Jour après jour, nuit après nuit, elle a continué à dire non.

J'étais très jeune, une enfant de cinq ou six ans, quand tout cela s'est passé.

Elle avait gagné. C'est ce qu'on avait cru. On l'avait libérée, on l'avait rendue à la joie de sa vie de jeune fille.

On se trompait. On s'est tous trompés. Un matin, on l'a retrouvée morte dans son lit, au milieu de ses sœurs.

C'était eux, eux, qui l'avaient prise. Elle leur appartenait. Tout le monde le savait de nouveau, en avait la preuve de nouveau.

Elle avait désobéi. Elle n'entendait pas ce qu'on lui disait. Elle avait bataillé, seule, abandonnée de tous. Et c'est au moment où elle croyait avoir définitivement vaincu ses démons qu'on lui a montré le contraire.

Ils l'ont tuée.

C'est ce qu'on disait dans le quartier de mon enfance soudain envahi par une immense vague de peur. Oui, je le sais, ils l'ont tuée.

Elle était noire, elle aussi. Elle s'appelait Hlima.

Je ne l'oublierai jamais. Hlima.

Au fond de moi, je savais qu'ils allaient très vite se tourner vers une autre fille. Je savais que ce serait moi.

Les bruits insoutenables ont commencé dans ma tête le jour de l'enterrement de Hlima. Les voix étrangères dans les oreilles, un mois plus tard.

Il n'y avait plus de doute. Je ne m'appartenais plus. Comme Hlima, on m'avait possédée. Petit à petit possédée.

J'ai crié. Personne ne m'a entendue. J'ai crié encore et encore. Personne n'est venu me sauver. Seule Hlima comprenait.

Un matin, j'ai fui de chez moi.

Ma mère m'avait vendue. Elle avait, depuis le jour de ma naissance, passé un accord avec eux. Elle disait qu'on allait devenir riches, très riches. Elle a été gentille, elle m'a expliqué, elle m'a prise pour une idiote, une simplette. Il fallait accepter l'accord, il était trop tard pour renoncer. Il fallait me sacrifier.

J'avais peur. J'ai cessé d'aimer ma mère. Je suis partie.

Je suis libre.

Je passe d'une maison à l'autre. Je fais la bonne. Je fais l'esclave. Je fais la putain.

Les autres, ils croient m'acheter en faisant de moi ce qu'ils veulent. Des ordres. Des insultes. Des mauvais regards. Des crachats. Des coups. Du sperme.

Je l'ai décidé : je fuis pour être libre. Rester libre. Malgré les autres. Malgré la possession.

Je pense à Hlima et je lutte. Je me dévergonde pour ne plus être pure. J'espère qu'ainsi souillée, sale, ils ne voudront plus de moi. Ils renonceront. Ils finiront par m'oublier. Ils passeront à une autre.

J'attends. Je ne change pas de direction. Je ne fais que fuir. Depuis toute petite je suis sur les routes. Dans l'errance.

Je me suis habituée à cette vie sans lieu fixe, sans un cœur tendre, sans frère, sans sœur.

Je suis ma propre mère. Mon propre frère. Ma propre sœur. Je suis la famille entière, éclatée, réunie, dans la bagarre, autour d'un plat de couscous vide.

Je suis Hadda.

Avant, j'étais Kamela.

J'ai quitté ma famille. J'ai décidé d'être une autre, moi-même et une autre, avec un nouveau prénom. Enfin vraie.

Hadda.

La maison de ma mère n'était pas loin, elle me poursuivait, je la voyais la nuit, dans mon cœur. Je me suis endurcie. J'ai chassé de mes yeux ces images. J'ai continué à fuir, à aller loin, à sortir de plus en plus ma mère de moi. À m'appeler désormais autrement. Hadda.

J'espérais qu'ils allaient m'oublier. Qu'ils me délivreraient. Qu'ils comprendraient. Qu'ils auraient honte de m'habiter. Qu'ils passeraient à la suivante.

Il n'en a rien été.

Ils sont toujours après moi.

Il va falloir partir de nouveau.

La nuit je posais pour Sidi.

Deux ou trois fois par semaine, Khalid, le fils de Sidi, et son ami Omar me donnaient des cours. Ils m'apprenaient en cachette à lire et à écrire l'arabe. Sans le savoir, ils me préparaient à sauver ma peau, à faire un jour comme eux, aller loin, dépasser la forêt, traverser le fleuve.

Pendant un an, chaque nuit, j'étais dans la redécouverte du plaisir, vers l'amour et ses illusions. Je me dédoublais.

Je laissais Sidi voler une partie de mon âme naïve. Je me donnais à son art sans rien y comprendre. Il était lent, pointilleux, obsessionnel, Sidi. Il se mettait dans des états pas possibles. Il criait de rage. Il voulait absolument réussir ce portrait de moi. Et il avait beaucoup de mal. Il n'arrivait pas à retrouver les techniques apprises à Paris. Était-il doué comme peintre ? Je l'ignorais et, pour être honnête, je m'en fichais un peu. Était-il sincère dans son désir urgent de me peindre ? Oui, il l'était. Au début, du moins. Les six premiers mois. Après, c'était autre chose. On allait directement à l'essentiel sans passer par l'art.

On baisait. Il me baisait. On ne faisait plus l'amour. On baisait. Comme des animaux.

Je n'ai pas protesté.

Pour garder Sidi le plus longtemps possible, je devais accepter sans discuter sa sexualité à lui. Ses mouvements. Ses positions. Son objectif. Mon derrière.

J'arrivais dans son bureau caché au fond du jardin. Je savais ce que je devais faire. Comment l'exciter. Comment faire sortir sa violence, sa brutalité. Son égoïsme. Sa lâcheté. Sa beauté virile au bord de l'effondrement.

Il m'a fallu presque dix mois pour le comprendre. Sidi n'était pas Sidi. Il était finalement comme les autres. Un beau parleur comme les autres. Un lâcheur. Avait-il vraiment, comme on ne cessait de le répéter, beaucoup de pouvoir à l'extérieur ? J'en doutais. Oui, il était comme tous les autres, tous, tous… Ceux qui disaient vouloir sincèrement me faire du bien. Me protéger. M'aimer. Me faire jouir. Ils ne pensaient qu'à eux-mêmes. Ils ne me voyaient pas. Ils me violaient. S'en rendaient-ils seulement compte ? C'était une routine pour eux. Un mal terrible pour moi : une trahison. Un crime. À qui se plaindre dans ce pays ?

Sidi se fatiguait de moi. Il avait fait le tour de ma personne. Je n'avais plus de charme. Ma présence physique ne suffisait plus. Je disparaissais de ses yeux, petit à petit.

Je continuais pourtant à m'attacher à lui, à l'aimer à ma façon. Par mon corps, sans mes mots, je l'aimais.

Il le savait. Il le voyait.

Il avait pris sa décision. Il ne m'a rien dit. Mais je le voyais bien…

Que faire ? C'était lui le maître. Maintenant que je ne représentais presque plus rien pour lui, il l'était redevenu. Le maître. Le grand maître.

Mon portrait ? Il allait rester à jamais inachevé.

J'attendais, d'un jour à l'autre, le verdict.

Encore deux mois à tenir.

Deux mois de plaisir ? Dans mon idée de l'amour ?

Deux mois pour renouer avec la chute, reprendre les routes, aller dans le même chemin, celui de la fuite.

Heureusement, Omar et Khalid étaient là pour me soutenir. Ils m'ouvraient un autre monde. Grâce à eux j'allais un jour voir autrement. Aller dans la vie autrement. Me révéler. Parler. À qui ?

Savaient-ils pour Sidi et moi ?

Omar, oui, sans aucun doute. Khalid, non. Non ?

Je me suis beaucoup rapprochée d'eux les deux derniers mois. Je ne leur parlais pas. Mais je les observais. Je veillais à ma manière sur eux. Je leur donnais à manger, surtout à Omar. J'entrais dans la chambre de Khalid et je les regardais dormir collés l'un à l'autre, l'un dans l'autre. Leur amitié semblait forte, indestructible, en dehors des règles, et c'est ce qui me plaisait. Ils étaient à part. Ils écrivaient une histoire à part. Je rêvais avec eux. Pour eux. Loin d'eux. De plus en plus.

Je suis dans une belle vallée qui s'achève vers le fleuve Bou Regreg. Je vais de l'autre côté. J'avance péniblement. Je me dirige vers le vieux Maroc, Touarga à Rabat.

J'ai dormi hier dans la chambre de Khalid. Il a été bienveillant, généreux, doux.

Le verdict avait été prononcé. En fin de journée. Non pas, comme je m'y attendais, par Sidi mais par sa femme, Lalla, la mère de Khalid. Elle savait, elle aussi. Depuis le début. Elle a été très claire, très précise. Très calme. Froide. Cynique. Rapide. Une minute.

Une minute pour mourir.

« Tu es une fille bien. Sage. Tranquille. Obéissante. Je

n'ai rien à te reprocher mais Hamid est lassé de toi. Il ne veut plus te voir. Tu dois partir. Ce soir. Maintenant. Voici ton salaire du mois dernier. Au revoir. »

Deux cents dirhams.

Protester ? L'idée ne m'a même pas traversé l'esprit. L'insulter, en revanche, j'aurais aimé pouvoir le faire. Je n'en ai pas eu le courage. J'ai baissé la tête. J'ai joué à la soumise.

J'ai mis toutes mes affaires dans un panier en osier jaune. Et je suis partie. Sans dire au revoir à personne. Il faisait noir. Je ne savais pas quelle direction prendre. J'ai tourné autour de la riche villa de Sidi pendant au moins une heure. J'ai croisé Khalid. Il était étrange. Plus étrange que d'habitude. Désorienté, lui aussi.

Il a dit : « Après-demain je vais rencontrer Hassan II. »

Il devait être heureux, extatique. Il ne l'était pas. Il ne pensait qu'à une chose, le Roi, et à comment lui baiser les mains.

Il a rajouté : « Tu veux bien m'apprendre à le faire comme il faut... ? Tu veux ? »

Je lui ai répondu que sa mère m'avait chassée.

« Tu passeras alors ta dernière nuit chez moi, dans ma chambre... Personne ne le saura... »

En silence, on a répété toute la nuit. Il faisait Hassan II. Je faisais Khalid. Puis l'inverse.

Sans résultat satisfaisant.

Au bout d'une heure l'exercice est devenu comique.

On a commencé alors à rire comme des gamins. Des rires étouffés. Des rires libres.

Et on s'est couchés. Khalid dans son lit. Moi, au pied de son lit.

Dans le noir, Khalid m'a priée de lui raconter une histoire. De dire la vérité. De parler. Juste parler.

Parler pour dire quoi ? Quelle vérité ? La vérité sur Sidi et moi ? La vérité sur mon destin ? Parler avec ma voix ? Avec celles de mes maîtres ?

« Parle, parle, Hadda, je croirai tout ce que tu diras... Parle... Parle-moi... »

J'ai parlé avec une autre voix. Elle disait des choses qui ne venaient pas de moi et que je ne comprenais pas. Un passé dont je ne me souvenais pas. Une histoire triste et héroïque. Khalid était ravi.

Moi ? Je tombais. De nouveau, je tombais.

Ils prenaient possession de moi. Ils se livraient en moi à leur dernière bataille. Je n'avais plus rien à faire. J'assistais à ma propre destruction. Le chaos dans mes oreilles était horrible, insupportable.

J'espérais une dernière nuit douce dans la chambre de Khalid, à côté de Khalid. On ne m'a pas laissée le vivre, cet espoir. Je tombais. Ils sont tous passés à l'attaque.

Je n'ai pas résisté. Ils ont gagné vite.

J'ai perdu. D'avance j'avais perdu.

Ils m'ont dit où aller : traverser le fleuve, le Bou Regreg.

On est jeudi.

Le Roi va passer. Son cortège va passer sur cette route. Les gens depuis ce matin l'attendent. Ils sont nombreux. Trop nombreux. Aimaient-ils tous vraiment et sincèrement le Roi ?

Le Roi va passer. Je vais le précéder. Aller chez lui avant lui. Rejoindre des frères et des sœurs noirs qui, depuis des siècles et des siècles, travaillent pour lui et pour la dynastie des Alaouites.

Touarga. C'est le nom. Le mythe. Il y a des femmes perdues qui vont à Azemmour. Moi, je vais à Touarga. Devenir esclave. Le redevenir. Officiellement.

Touarga. C'est La Mecque. Un quartier juste à côté du palais royal de Rabat. Protégé par la même muraille que le palais. En dehors du monde. Protégé du monde.

Touarga, c'est le salut.

Je ne l'ai pas choisi, à vrai dire. On m'a dit d'aller là-bas. De l'autre côté. On m'y attend. Ce sera ma prison à vie. Mon destin déjà écrit.

Je suis ce qu'ils me disent de faire. Je ne reviendrai pas à ma mère.

J'irai chez le Roi. Je demanderai sa protection. Je l'aurai. Je l'ai. On me l'a dit. Les portes seront ouvertes. On me l'a assuré.

Je vais chez le Roi. Je marche. Je marche. Je me rapproche de lui. Je me parle.

Je suis noire. Je suis le peuple noir.

Je suis Hadda. Ce soir, je ne le serai plus.

Il va falloir changer de prénom encore une fois. Me présenter aux gens, aux inconnus, autrement.

Je traverse la vallée. Je nage dans le fleuve Bou Regreg. Je quitte la ville de Salé.

Je quitte le monde. Poussée par le vent. Par mes maîtres.

Sidi Hamid n'est plus mon Sidi.

Ce soir, le Roi sera Sidi. Mon nouveau Sidi. Je lui baiserai les mains. Comme il se doit. Les pieds aussi. Le pied droit puis le pied gauche. Je lui offrirai mes pouvoirs. Il m'engagera.

Ce soir, je serai noire comme on a voulu que je le sois.

Je ferai semblant.

J'ai dépassé la frontière. Les limites. Je suis à Rabat.

Je suis dans un territoire nouveau. La vallée est rouge par ici.

Je continue de parler.

Toute seule je parle.

J'ai été trop longtemps dans le silence. Avant d'y revenir, je parle. Je dois parler. C'est ma dernière chance. Comme un petit enfant je dis par ma bouche des mots. Ils sont neufs. Je les dis en arabe : la langue qu'on m'a donnée malgré moi et qui cache les autres, celles des ancêtres encore vivants en moi. Je parle avec eux. Je les dis. Je les raconte.

Je sens que je vais commettre un meurtre un jour. Alors je parle. Pour fuir ce crime, je parle. Je parle bas. Je murmure. Je lis. Je vois.

Dieu n'est pas mort. Il dort seulement.

Je cherche un trésor. Ce sera un cadeau. Pour qui?

Pour moi.

Je pense à mon tableau inachevé. J'ai voulu le prendre. Le voler. L'amour pour Sidi Hamid m'en a empêchée. Je lui ai laissé une trace, heureuse et malheureuse. La preuve de ma possession. Mon aliénation. Une image dans l'extase, une image noire et inachevée.

Le monde s'ouvre et se referme devant moi. Les voix s'accélèrent. Le mal progresse. La solitude grande m'accueille. Le palais royal de Rabat se rapproche. Je vois la police tout autour. Les risques. La peur. Je m'arrête. Je sais l'histoire qui m'attend là-bas. Je me tourne vers Salé. Je la regarde, cette ville, petite, écrasée. Loin, loin de ses siècles de gloire. Je la caresse. Je la pleure: un nuage noir vient de loin vers elle, pour elle. Je ne peux rien faire. Bientôt le noir dense enveloppera de partout Salé. Je serai à ce moment-là loin, cachée dans mon trou perdu, à Rabat, dans un autre bureau au fond d'un autre jardin.

Je prie pour Salé.

Je prie pour moi.

Je pense à Khalid, à Omar. Nus. Je choisis Omar, pauvre et perdu comme moi, sans mère comme moi. Un jour noir, comme moi. Je lui tends ma main. Il la prend. Il la serre. Il s'accroche à moi : je m'accroche à lui. Je lui fais un cadeau : je lui parle. Il m'écoute, il ne pleure pas. Je ne l'oublierai pas. Par moi, il sera un jour vengé du destin cruel. On se dit au revoir. Pour l'instant, au revoir.

Je reviens à Rabat. Je l'embrasse. Elle me repousse. Il fait froid. En plein été. Il va pleuvoir. De plus en plus.

Rabat, la capitale du Maroc, ne connaît pas l'été.

L'hiver sera la saison du reste de ma vie.

Je suis Hadda.

Je suis noire.

On ne me voyait pas.

On ne me voit toujours pas.

Je ne serai jamais libre.

Je ne serai jamais moi. À moi.

Ce soir, je prendrai un autre prénom.

J'ai été Kamela. Je suis encore Hadda pour quelques minutes. Ce soir, au Roi, au ciel, aux djinns, aux sorciers, aux tortionnaires, aux criminels, aux vrais et faux imams, aux hommes, seulement aux hommes, je dirai mon nouveau prénom. Ma nouvelle voix.

Amal.

Amal, comme mon frère, mauvais garçon mort en prison pour rien.

Amal, comme un garçon. Amal, prénom de fille et de garçon.

Amal, comme l'espoir qui cette nuit mourra à jamais.

Amal Une Autre, et toujours noire. Kahlla. Kahloucha. Une étoile. Une lueur. Un mirage. Un cri qui finit.

Une chute.

Une respiration qui s'éteint, d'un coup.

Un corps froid, oublié, inconnu.

Une tombe illégitime. Sans pays.

RÉALISATION : PAO ÉDITIONS DU SEUIL
IMPRESSION : CPI FIRMIN-DIDOT AU MESNIL-SUR-L'ESTRÉE (EURE)
DÉPÔT LÉGAL : AOÛT 2010. N° 100253 (100173)
Imprimé en France